长篇小说

神秘汽车

郑渊洁 著

云南人民出版社

果麦文化 出品

目录

第一章　　　　　　　001

第二章　　　　　　　012

第三章　　　　　　　021

第四章　　　　　　　034

第五章　　　　　　　045

第六章　　　　　　　059

第七章　　　　　　　075

第八章　　　　　　　098

第九章　　　　　　　112

第十章　　　　　　　117

第十一章　　　　　　126

第十二章　　　　　　135

第十三章　　　　　　145

第十四章　　　　　　154

第十五章	162
第十六章	168
第十七章	176
第十八章	179
第十九章	187
第二十章	194
第二十一章	199
第二十二章	202
第二十三章	206

第一章

这已经是苗我白近几天第四次在深夜三点钟被楼下的汽车报警器的鸣叫声吵醒了。他怒不可遏。

从三十岁起,苗我白的夜间睡眠改为一次性的:醒了当夜就再也睡不着,不管几点醒。这个毛病已经困扰苗我白六年。为了能睡一个完整的觉,苗我白每天下午从五点起就停止饮水,以防夜间膀胱骚扰大脑。

和苗我白睡在一张床上的,是他的妻子鲍蕊。鲍蕊不是苗我白的原配妻子。苗我白的第一任妻子是崔文然,那是苗我白的至爱。崔文然在两年前被杀害,案子至今未破。鲍蕊是苗我白的嫂子鲍静的亲妹妹,有过一次离异史。在鲍静的撮合下,半年前,苗我白和鲍蕊结婚。苗我白和鲍蕊都没有孩子。

苗我白愤怒地坐起来,他喊道:"我要去告物业公司!"

苗我白家楼下本来是绿地,随着轿车进入中国家庭,本市的汽车数量急剧增加。住宅小区的物业公司打着为有车家庭排忧解难的旗号搞创收,他们将一片一片的绿地陆续改成泊车位。到了晚上,无数汽车聚集在楼群间,像是吃光了庄稼的蝗虫在开庆功会。汽车的增加催生了盗车业。盗车的增加养活了汽车防盗器生产厂家。人类社会生活也有食物链,一点儿不比自然界的食物链短。麻烦在于草木皆兵和无病呻吟是汽车防盗器干得最多的事,汽车防盗器扰民已经成为激化有车族和无车族之间矛盾的导火索，物业公司为此出台了在小区内停放的车辆必须关闭防盗器鸣叫功能的土政策。

被丈夫吵醒的鲍蕊问："怎么了？"

苗我白怒气冲冲地说："没刮风没下雨没打雷，汽车防盗器响什么？"

鲍蕊一边打哈欠一边翻了个身，说："有人偷车吧。"

苗我白说："我从没听说过哪个盗车贼是由于碰响了防盗器被抓住的。你能接着睡，我怎么办？"

鲍蕊拿被子蒙上头，说："我今天还要上班，你休息。你白天可以补觉。"

苗我白说："你什么时候见我白天睡过觉？"

鲍蕊掀开被子突然坐起来，说："你这几天老说楼下汽车防盗器吵醒了你，我怎么一次没听见？刚才响了多长时间？"

"起码五分钟，你睡得死。"苗我白说。

"咱们家住二层，汽车防盗器响五分钟我能不醒？还记得我刚搬来不久有一次半夜汽车防盗器响，还是我叫醒你让你去找物业的。我就是那次知道你半夜醒了就再也睡不着的。你忘了？"

"你已经适应了。"苗我白羡慕地说。

鲍蕊拉开灯，说："我就陪你待会儿吧。你白天去找物业公司交涉，让他们监督车主关闭防盗器。谁的车再叫罚谁的款。"

"我是要去。"苗我白说，"当初买这房子时，楼下全是绿地，夜里那叫安静。现在可好，绿地没了不说，全改噪声和废气了。"

鲍蕊开玩笑地说："以你的技术，只要站在车边几分钟，完全可以终止汽车防盗器鸣叫扰民。"

"那当然。"苗我白说，"可惜咱们不能那么做。"

三十六岁的苗我白在一家名为冠军汽车销售贸易公司的企业当

修理技师。该公司为前店后厂，前边售车，后边修车和保养车。冠军汽贸公司每售出一辆汽车，等于出笼一台流动造币机，从汽车售出到报废，公司能源源不断从它身上挣钱。冠军公司是国内一款高档名牌汽车在本地区的独家代理商。由于该汽车供不应求，冠军公司生意红火，甚至形成了久违的卖方市场。来冠军公司买车的顾客需预付全部车款，还要三个月后提车。汽车售出时，公司为其建立维修和保养档案，到日子公司业务员会主动打电话提醒车主汽车该保养了。修车技师在冠军公司比较受重视，工资和待遇甚至不低于部门经理。借用交响乐队的说法，苗我白在冠军汽贸公司是首席修理技师。公司老板王若林曾经不惜重金送苗我白到国外深造。苗我白除了对修理汽车有极高的悟性外，敬业是他的特长。冠军公司是私人企业，法定代表人王若林比苗我白小三岁。王若林经营冠军公司主要靠两个人，销售部经理徐超和维修部技师苗我白。随着冠军公司经营的汽车日渐紧俏，苗我白的重要性已经高于徐超。

"你睡吧，我下楼看看。"苗我白不忍心让妻子陪绑，他穿衣服。

"你不会真的要去动人家的车吧？"鲍蕊躺倒。

"当然不会。"苗我白关上灯，打开卧室的门。

苗我白下楼，户外漆黑一片。为了省电，物业公司给路灯安装的是最低限度的灯泡。被汽车尾气封杀而黯淡的星空虎视眈眈地看着苗我白。

苗我白挨个儿看他家楼下的十几辆汽车，以他的经验，一眼就能看出哪辆车的防盗器在工作，哪辆车的防盗器的鸣叫功能处于待命状态。

当苗我白看到第五辆车时，巡逻的保安警惕地走过来。保安认出苗我白是业主，他问："您要开车出去？"

苗我白说:"我没车。我刚才被汽车防盗器吵醒了,睡不着了,出来看看是哪辆车吵醒了我,好让物业跟车主交涉。"

保安惊讶:"您是说,刚才有汽车防盗器响了?"

"是呀,起码响了五分钟!"苗我白说。

"我怎么没听见?"保安感到奇怪。

"你离得远吧?"苗我白说。

"我负责这十栋楼,不会走远。再说了,咱们小区不大,这么夜深人静的,就算在围墙外边也能听见防盗器响。"

"确实响了,很吵。否则我不会深更半夜下楼。"苗我白说。

"会不会是错觉?"保安说,"或者是做梦?由于业主对汽车防盗器夜间扰民反映很强烈,物业管得很严,要求在小区过夜的汽车一律关闭防盗器鸣叫功能。"

"怎么会是做梦?已经响了好几天了!"苗我白说。

保安说:"您是说,汽车防盗器最近在夜间连续响了好几天?"

"没错,这是第四次。"

"绝对不可能。"保安说,"如果真的像您说的连续响了好几个晚上,早有业主去物业反映了,物业会让我们注意观察是哪辆车响,再监督车主关闭防盗器。"

苗我白说:"我马上就能找出是哪辆车响的。"

保安跟着苗我白验车。

苗我白把楼下的汽车全看了一遍,他没有发现哪辆汽车的防盗器鸣叫功能开启着,甚至没有一辆汽车使用防盗器。苗我白又看了一遍。还是没有。

"怪事。"苗我白嘀咕。

"您是错觉,回去睡觉吧。"保安继续巡逻去了。

苗我白站在夜色中发呆:真的是我的错觉?要不怎么除了我没

人听见?包括鲍蕊。可是倘若误听一次还说得过去,怎么可能误听四次?

苗我白疑虑重重地回家,他没进卧室,反正也睡不着了。苗我白坐在客厅里,他顺手从柜子里拿出一本影集看。

崔文然在影集里深情地冲他笑。苗我白呆呆地注视着照片上的前妻,眼角晴转阴,有时有小雨。崔文然遇害后的两个月内,苗我白身上掉了一万克肉,他茶饭无心悲痛欲绝。苗我白甚至想到过自杀,在那两个月里,多亏哥哥苗我绿和妹妹苗我红几乎和苗我白形影不离,还有冠军公司的王若林总经理对苗我白倍加开导,苗我白才熬过了一只脚已经追随崔文然踏进阴间的日子。

苗我白听见窗外响起已经被他听了数年的千篇一律晨练乐曲,那是一群平均年龄逾六十五岁的小区居民在舞刀弄剑,他们日复一日年复一年地听着同样的音乐晨练,从没动过更换磁带的念头。苗我白很同情那台手提式录音机,从众老者集资买了它后,它就从一而终没接纳过别的磁带。苗我白合上影集,下楼。他要向邻居打听夜半车声。

楼下黄大妈是苗我白今天清晨碰到的第一个邻居。黄大妈对停在她窗外的汽车深恶痛绝,曾经多次和物业公司交涉。

苗我白问黄大妈:"大妈,昨天晚上汽车防盗器叫,您听见了吧?"

黄大妈说:"没有呀?又响了?我怎么没听见?"

"好几天了,每到夜里三点多钟就响。"苗我白说。

"连着响好几天了?我还真没听见。按说我对那声音很敏感呀,我睡觉轻,有动静就醒。"黄大妈说。

苗我白发愣。

黄大妈说:"我今儿晚上注意听着,响了扰民可不行,我早晚让物业把这些汽车迁走，给咱们把绿地恢复了。你说这些人的心眼儿是怎么长的？卖房子时把小区弄得跟公园似的，等住满了就变脸。当初规划小区的人没预见到汽车要多？没有预见性能叫规划？光编历史剧？"

苗我白又问了本楼的两个邻居，人家都说这几天夜里没听见汽车扰民。

苗我白回家，鲍蕊在厨房做早饭。

见丈夫回来了，鲍蕊从厨房探头问："群情激愤？"

苗我白说："都没听见。"

鲍蕊说："那是挺奇怪的，怎么就你听见了？"

苗我白没说话，他到卫生间洗漱。苗我白不知为什么使劲儿刷牙，好像牙齿上长了耳膜。

早饭后，鲍蕊去上班，她是一家医院的护士。

苗我白在家待了一天，下午，他到小区外边的菜市场买菜。苗我白月收入四千元，在那个年代算是中产阶级了。苗我白家曾经有汽车，自从汽车和崔文然一起遇害后，苗我白再没动过买汽车的念头。最令亲友称奇的是，苗我白修了十几年汽车，至今没有驾驶执照。别人问他是怎么回事，他举一反三说有一位德高望重的妇科女专家终生没有结婚和生孩子，就是这个道理。

苗我白做好晚饭时，鲍蕊下班回家了。鲍蕊每个月有三分之一的时间上夜班。这是前夫和她离婚的重要原因。

晚饭后，鲍蕊和苗我白照例下楼散步，苗我白特别注意了停放在他家楼下的汽车，他没发现有开启防盗器鸣叫功能的汽车。

深夜，苗我白被汽车防盗器的鸣叫声吵醒了。这回，他没有马上坐起来，而是闭着眼睛听了一会儿，响声确实存在。苗我白为了证实自己不是在梦中，他在心里说了几次银行工资卡的密码，无一误差。

苗我白看床头柜上闹钟的夜光指针，三点整。响声还在持续，很闹。苗我白看妻子，鲍蕊睡得很香。苗我白拿起闹钟，稍微使了点儿劲放在床头柜上，闹钟和床头柜的撞击声比楼下汽车防盗器的声音小多了。

鲍蕊马上醒了："什么声？"

苗我白说："听见汽车防盗器声了吧！"

"没有啊，我听见床头柜上有什么东西响。"鲍蕊开灯看床头柜。

苗我白说："对不起，我在看表。"

"又听见汽车响了？"鲍蕊问。

苗我白先点头，再摇头。

鲍蕊叹了口气，说："我睡了？"

"睡吧。"苗我白下床。

苗我白下楼找到巡逻的保安，问他："你没听见汽车防盗器响？"

"什么时候？"保安问。

"十分钟前。三点整。"

"绝对没有。"保安十分肯定。

苗我白沉思。

保安说："您是不是耳鸣？我父亲就有耳鸣的毛病，您去医院看看。"

苗我白不置可否地点点头，他又把楼下的汽车看了一遍。保安在一旁看苗我白。

由于睡眠不好，白天苗我白在公司上班时哈欠不断。碰巧王若林来车间找他。

"没睡好？"王若林问苗我白。

"王总，这几天我家楼下有辆汽车的防盗器晚上老叫，吵得我睡不好。"苗我白说。

"找物业公司呀！"王若林说。

"别人都听不见。"苗我白苦笑。

"就你能听见？"王若林不信，"是不是被你收拾过的汽车在报复你？"

苗我白笑："我是收拾汽车？我是给它们治病，它们应该感谢我才对。"

"那是。"王若林说，"你中午睡一会儿。"

"不用了。"苗我白说。

王若林说："我有个朋友，是演员，你大概知道他，叫马克归。他有一辆老款的林肯，最近出了毛病。他去了几家修理厂，都没有配件。你有办法吗？"

"车开来了吗？"苗我白问。

苗我白的绝活儿是修理没有配件的汽车。

"他正在来的路上。"王若林说。

"车来了您叫我。"苗我白说。

王若林走后，苗我白一边打哈欠一边指挥手下修车。

二十分钟后，修理车间调度来对苗我白说："苗技师，王总说马克归的车来了，在公司门口，让你去看看。"

苗我白放下手里的活儿，到公司门口的停车场。戴墨镜的马克归从车上下来，王若林和他寒暄。在十年前，马克归名气比较大，在各领风骚数个月的影坛，如今他已风光不再，只有三十五岁以上的人还依稀记得他。他和这辆过时的林肯正好般配。苗我白想。

"什么毛病？"苗我白问马克归。

马克归说："转弯时下边响，还漏刹车油。我去了几家修理厂，查出是转向拉杆和刹车油罐坏了,没有配件,都修不了。"

"打开前盖看看。"苗我白说。

马克归打开汽车的前盖。苗我白观察刹车油罐,在靠近底部的地方有裂纹。

苗我白关上前盖,他双手按地,头伸到车头下边看转向拉杆。

苗我白站起来对王若林说:"王总,我可以试试。需要一天。我开进去了?"

王若林对马克归说:"你把车上的东西收拾一下。车修好了我给你打电话。"

马克归兴奋地说:"还是你这儿厉害,我去了那么多大修理厂都没办法。"

苗我白将林肯车开进车间。苗我白虽然没有驾驶执照,但他在公司里移动车辆十分娴熟,他只是不驾车上路。

苗我白指挥手下用升降机将林肯车抬起来,他站在车下琢磨用什么东西取代林肯车的转向拉杆。苗我白一边修车一边想夜间吵醒他的汽车防盗器。

"苗技师有心事?"一名修理工问苗我白。

苗我白说了汽车防盗器的事。他特别说明只有他能听见,别人都听不见。

"这还不好办,您拿录音机把那声音录下来,放给您太太听,她就认输了。"修理工认定苗我白没错。

中午休息时,苗我白到公司旁边的一家商场买高灵敏度的小录音机,售货员向他推荐了采访机,还说是记者专用的,灵敏度特高。苗我白买了录音机回到车间后,做了试验。他弄响一辆车的防盗报警器,用微型录音机录音,效果很好。

当晚回家后,苗我白将微型录音机放在枕头下边。

鲍蕊今天比苗我白回家早,她已经做好了晚饭。

苗我白和鲍蕊一边吃饭一边看电视,一家药厂给电视台钱后,电视台允许那药厂在电视上说他们生产的治疗失眠的药特管用。

"连续几个晚上没睡好,很疲倦吧?"鲍蕊问苗我白。

"修车时差点儿睡着了。"苗我白说。

"要不你试试电视广告上说的这种药?我明天去给你买。"鲍蕊喝了口汤。

"我不是失眠,失眠是睡不着。我躺下用不了五分钟就睡着了。"苗我白说。

"半夜被吵醒了再也睡不着也是一种失眠。"鲍蕊说。

"这种失眠不用吃药,把吵源去掉就行了。"苗我白说。

"你这几天老说听见汽车防盗器叫唤,别人都听不见,说不定,是你自己醒的,还是失眠。"

"是挺怪的,等我弄清是怎么回事,再买药吧。"苗我白吃完饭,站起来。

"下星期我该上夜班了。你一个人睡可能好点儿。和你睡觉我挺紧张,老怕吵醒你。"鲍蕊收拾碗筷。

"我这毛病是挺讨厌。"苗我白自责。

"谁没毛病?我们科主任打呼噜特响,晚上轮到他值夜班,恨不得全医院都能听见他打呼噜。"鲍蕊说。

苗我白没再说话,他抄起一本小说看。苗我白喜欢读小说,他看得慢,一般是一个月看一本。读小说时,苗我白觉得自己能同时在两个世界活,还能进入别人的生活,看别人怎么活。而在现实生活中,别人一般是不让你近距离看他的活法儿的。

熄灯后,苗我白很快睡着了。三点整,楼下的汽车防盗器响了。

苗我白从枕头下抽出录音机,按下了录音按钮。他心算录音时间，录音机起码录了三分钟后，汽车防盗器才偃旗息鼓。

苗我白推醒鲍蕊。

"防盗器又响了？"鲍蕊揉着眼睛问。

"你又没听见？"苗我白有几分得意。

"一点儿没听见。"鲍蕊说。

"我录下来了。"苗我白打开灯，拿着录音机说。

"这是什么？"鲍蕊看着录音机问。

"采访机，记者专用。"苗我白倒带。

"借的？"

"买的。"苗我白说。

"就为录半夜的汽车防盗器声？多少钱？"

"五百元。我当然得弄清楚到底是怎么回事。"苗我白说完按下放音按钮，"你听吧。"

录音机转了五分钟，没声。

"你让我听什么？"鲍蕊忍住笑。

苗我白看录音机："没录上？"

"压根儿就没有，怎么会录上？"鲍蕊关灯，"今天我给你买药。"

苗我白打开灯，翻来覆去检查录音机，他试录音："喂！喂！喂！"倒带。放音。录音机里传出"喂！喂！喂！"声。

苗我白呆若木鸡。

鲍蕊叹了口气，关上灯。

苗我白在黑暗中一直把太阳坐出来。他决定今天晚上听见汽车防盗器鸣叫后立即下楼。

第二章

天下所有夫妻都有第一次相识的经历，指腹为婚的也不例外。苗我白和前妻崔文然的相识比较有戏剧性。

一天早晨，苗我白站在路边等出租车去上班。连续过来的三辆出租车都有乘客，苗我白不懈地等。第四辆出租车是空车，苗我白打出要求乘坐的手势。出租车停稳后，苗我白看见驾车的是女司机。苗我白拉开车门坐到后座上，他告诉司机他的目的地。

车载收音机正在播放一个苗我白特别讨厌的电台节目，一个装腔作势的女主持人在拿听众当猴耍，苗我白皱眉头。

"您不喜欢听这个节目？"女司机头也不回地问苗我白。

苗我白吃惊女司机是怎么知道坐在后座的他不喜欢收音机里的女主持人的。他看反光镜，女司机的眼睛通过反光镜看见了他皱眉头。

"不大喜欢。"苗我白说，"也没什么关系。"

女司机把收音机关了。苗我白心里一热。他从后侧方看那女司机，长得不错。苗我白再看司机名牌：崔文然。

苗我白看表，他今天起床晚了点儿，他担心上班迟到。公司管理很严格，迟到会扣钱。

出租车的发动机突然发出异常轰鸣声，女司机即使完全放开油门也无法结束发动机的反常。她一边将车停在路边一边抱歉地对苗我白说："车出故障了，对不起，您换车吧。"

苗我白二话不说就开门下车，他听见那女司机打电话叫救援车。

苗我白站在路边等出租车，他不停地看表。今天出租车不知为什么显得少，好不容易过来一辆，还载客。

苗我白足足等了十分钟，才过来一辆空出租车。苗我白招手，出租车停在他面前。苗我白拉开车门，他正要上车，看见一辆救援车停在那辆抛锚的出租车前边。

不知苗我白哪根神经被触动了，他对出租车司机说："对不起，我不坐了。"

苗我白走到崔文然身边，看从救援车上下来的修理工给她修车。

"没车？"崔文然惊讶苗我白还没走。

"今天出租车少。"苗我白一边说一边看已经被支起的发动机盖。

两名修理工煞有介事地趴在发动机舱上检查，苗我白站在旁边只往发动机舱里瞥了一眼，就看见油门拉杆被一根导线卡住了，导致崔文然的右脚离开油门发动机依然轰鸣不已。

一名修理工对崔文然说："大姐，您的化油器坏了，得更换新的。"

崔文然说："我是两个月前才换的化油器。花了三千多元。怎么又坏了？"

修理工说："人家肯定坑了您，给您换了假冒伪劣配件，现在街上卖的汽车配件，十有八九是假货。您得找我们这样的正规修理厂。"

"在这儿换？"崔文然问。

"当然是拖到我们厂换，您的车已经不能开了。"另一名修理工说。

"一共多少钱？"崔文然问。

"化油器三千五百元。工时费两百元。拖车费三百元，一共四千元。"修理工说。

"拖吧。"崔文然无可奈何地说。

"等等。"苗我白说。

崔文然对苗我白说："大哥，对不起，我的车您今天坐不成了。"

苗我白问两位修理工："你们会修车？"

两位修理工对视，其中一个指着同事对苗我白说："您这话什么意思？这位是我们修理厂的高级技师，修车专家。"

"这车走不了了？"苗我白问。

两人再次对视，一人问崔文然："大姐，这位是？"

"刚才坐我车的乘客，车坏了，他还没打到车。"崔文然转身对苗我白说，"大哥，好像来了辆空车。"

苗我白不理崔文然，他问那两位修理工："如果我说我只用一秒钟就能排除这车的故障，你们信吗？"

两位修理工竟然不说话了。

崔文然大惊。

苗我白对崔文然说："你过来看看。"

崔文然顺着苗我白手指的方向往发动机舱里看。

苗我白说："你看这根拉杆，是油门拉杆，它连接你脚下的油门踏板和发动机的输油装置，现在它被这根导线卡住了，不能恢复原位，致使发动机一直处于强供油状态。"

苗我白伸手将油门拉杆剥离导线的羁绊，再将那根游离的导线固定好。

"去试试着车。"苗我白对崔文然说。

崔文然将信将疑地坐进汽车点火,汽车正常了。

崔文然下车后兴奋地对苗我白说:"太谢谢你了!"

两位修理工尴尬得不知所措。

苗我白对他们说:"实在对不起,我等不到车。让你们损失了四千元。"

崔文然驾车驶离时,还冲站在路边发呆的两位修理工招手道别。

"你为什么帮我?"崔文然问依然坐后座的苗我白。

"我实在打不着车,只能打你的车的主意。"苗我白轻描淡写地说。

崔文然看着反光镜里的苗我白说:"我看见你已经拉开了一辆出租车的车门,你又让人家走了。"

"他拒载。"苗我白撒谎。

"现在还有出租车敢拒载?"崔文然笑,"你去上班?"

"是。"苗我白说,"已经迟到了。"

"扣钱吗?"崔文然问。

"扣。"

"这钱我给你出,多少钱?"

"一百元。干吗你出?"

"我耽误了你呀。迟到扣这么多?我最讨厌按点上下班。原来我也是上固定班,就是受不了被人管,才改开出租车的。你做什么工作?"

"修理汽车。"

"难怪,算刚才那两个小子运气差,撞到枪口上了。"崔文然说。

"修车先要修人。"苗我白说。

"……"感到震惊的崔文然回头看苗我白。

"红灯!"苗我白说。

崔文然急刹车。她看见是绿灯。

"你有点儿坏呀。"崔文然说。

苗我白感到心情很愉快,但他没想别的。到公司门口后,苗我白掏钱。

"你说我会要吗?"崔文然说。

"如果我不给你车钱,我就比给你换化油器的那两个人还坏了。"苗我白坚持付车钱。

崔文然只得收了。

次日早晨,苗我白从家里出来,到老地方等出租车。路边停着的一辆出租车没有引起苗我白的注意。那出租车看见苗我白后,驶到他身边。

"走吗?"女司机问苗我白。

苗我白低头往驾驶员的位置看,崔文然。

"这么巧?"苗我白拉开后座的车门。

"干吗不坐前边?"崔文然说。

苗我白关上后门,开前门,他坐在崔文然身边,中间隔着防抢护栏。

"去上班?"崔文然问目的地。

"是。"苗我白说,"你家住在附近?"

"不远。"崔文然瞎说。她家住在城市的另一头,她是专程赶来等他的。

苗我白近距离看司机人名牌,上边有崔文然的照片。

"你知道了我的名字,我还不知道你的名字。"崔文然索要平等。

"我叫苗我白。你我的我,李白的白。"

"你父母希望你当诗人?"

"我爸没什么文化,但他知道不能和别人一样。他给我们起名字时,用了别人不常在名字中用的'我'字。"

"你们?你家孩子挺多?"

"兄妹三个,我哥叫苗我绿,我妹妹叫苗我红。不平等了,你知道我的家庭成员了,我还不知道你的。"

"我是独生女。你妹妹的名字真好,苗我红。"

"开几年出租车了?"

"两年。"

"喜欢汽车?"

"从小就喜欢,我妈说我是假小子。你也喜欢汽车吧,不然怎么会修车?"

"是。其实,不应该管我们叫汽车修理工。"

"应该叫什么?"

"汽车医生。如果我开汽车修理厂,就弄得跟医院似的,来修车先要挂号,也分内科、外科、五官科、神经科和小儿科什么的。"

"外科看什么病?"

"撞伤、刮伤等。"

"内科呢?"

"发动机故障等。"

"神经科管什么?汽车还有神经?"

"电路故障。"

"绝了。五官科呢?"

"前大灯、挡风玻璃之类的。"

"小儿科管什么?"

"专修初驶不足五千公里的新车。"

"你干吗不自己开汽车修理厂？"

"没钱。"

"可惜我不是大款，我要是大款，准给你投资。"

"你怎么绕远路？"苗我白发现路线不对。

崔文然想延长和苗我白相处的时间，她赶紧解释："那条路爱堵车。"

"你现在走的这条路才爱堵车吧？"苗我白得了便宜卖乖，其实他也想延长乘车时间。

"我给你打五折，你不用为车费心疼。"

"上班迟到还要扣钱。"

"我给你出。"

"为什么？"苗我白扭头看左边的崔文然右脸，中间隔着防抢护栏。

"你昨天帮我省了四千元，谁让我是知恩图报的人呢。"崔文然冲苗我白笑。

苗我白被崔文然的笑容撩得心旌飘荡，崔文然的笑容确实比较有魅力。

这还只是半张脸。苗我白想。

虽然迟到了，但这天，苗我白很快活。他一边修车一边哼歌，同事们甚至怀疑经理由于苗我白迟到给他增加了工资。

从此，崔文然天天准时接送苗我白上下班，而且是免费。

一天，苗我白在车上觉得到了打开天窗说亮话的时候了。

"你就这么一直接送我下去？赔了吧？连每个月给出租车公司交份子钱都不够了吧？"苗我白问崔文然。

崔文然说："我早就想干个体出租了。等我攒够了钱，自己买车，不受人管。"

"你还没回答我的问题，就这么一直接送我？"

"对。"崔文然脸有点儿红。

"你很有把握？"

"我是心想事成的人。"

"心想事成？难度很大的境界。"

"我有心想事成的诀窍。"

"告诉我。我心想事不成的时候比较多。"

"心想事成的诀窍是只想能成的事。"崔文然说。

"这次你肯定能成？"

"你说呢？"

"差不多。"苗我白一边说一边从衣兜里掏出预谋好的戒指。

"不是掏凶器准备打劫我吧？"崔文然笑，"我受过反打劫训练，发现乘客掏兜，就要提高警惕。"

"我用这个打劫你。"苗我白将装有戒指的锦盒穿过防抢护栏递给崔文然。

崔文然幸福地急刹车，身后喇叭声叫骂声不绝于耳。

三个月后，苗我白和崔文然结婚。不同于大多数结婚的情侣，苗我白和崔文然越过越甜蜜，距离越近越无间。不少情侣之间的距离等于零时，就蓦然回首远隔万水千山了。

苗我白的哥哥苗我绿和妹妹苗我红都对崔文然满意。苗我绿在市环保局工作，是环保专家。苗我红在保险公司工作。苗我绿的妻子叫鲍静，是一家电视台的编导。苗我红和苗我白前后脚结婚，丈夫叫金连庆，是车管所的警察。

苗我白和崔文然婚后谈论最多的，是汽车。

一天，崔文然和丈夫逛街时，问他："人家都说，男人上街只看两种东西：汽车和女人。你怎么只看汽车？"

"你不是女人？"苗我白惊讶。

崔文然得意极了。

崔文然在街上经常和苗我白拿汽车打赌。不管什么汽车，只要从苗我白身边驶过，他就能根据发动机的声音判断出该车行驶了大约多少公里，误差不会超过一千公里。开始崔文然不服气，总是找即将进入停车场的汽车和丈夫打赌，然后透过车窗玻璃鉴定丈夫的判断。屡屡失败后，崔文然对丈夫佩服得五体投地了。

"你这样的人，没有自己的汽车是浪费才能。"崔文然对苗我白说。

苗我白知道妻子早就想拥有产权属于自己的汽车。

"咱们买车吧。"苗我白说，"买了车，你就辞职。开个体出租车。"

大冬天的，崔文然脸上春意盎然。

苗我白和崔文然的月收入加起来有八千元，买汽车对他们来说是可以承受的事，何况买车用于运营还是投资行为。

第三章

苗我白和崔文然确定购买的汽车售价十三万元。他们在比较了几家汽车销售公司后，选定了其中的一家。由于苗我白在汽车销售公司工作了多年，他深谙汽车销售公司的内部运行机制，他只要踏进汽车销售公司几分钟，就能准确判断能不能在该公司买车。

去买车的路上，崔文然说："什么时候咱们去你的公司买车？"

"不久的将来。"苗我白说。

苗我白供职的冠军公司只销售高档汽车，目前苗我白和崔文然还没有买高档车的实力。

这是一家很大的汽车销售市场，市场中间是偌大的露天新车展示场地，不同的汽车销售公司将它们的汽车停放在场地上，供顾客挑选。市场四周是销售厅，稍有实力的公司在室内售车。

苗我白和崔文然没有开车来，崔文然要开新车回家。他俩走进物色好的汽车销售公司。

"你们好，来了？"销售顾问已经认识了多次来看车的崔文然和苗我白，他热情地和他们打招呼。

"今天我们要务实了。"苗我白说。

"那好。"销售顾问庆幸自己的服务得到了回报，十个问车的最终能有一个买车的就不错。

"要白色的。"崔文然说。

"没问题。什么方式付款？"

"活期存折。"崔文然说。

"哪家银行的？"

崔文然告诉他。

"我让我们的财务跟您去银行办理转存。"销售顾问说。

苗我白不明白银行为什么迟迟不开办个人支票业务，弄得私人买车者要不抱着数十万现金，要不拿着活期存折和销售公司的财务人员像毒枭洗钱那样去银行倒腾。

"应该先看看车吧，万一没有合格的车，不还得去银行再把钱倒腾回来？"苗我白提议。

"先生您放心，我们这儿销售的汽车都有合格证。每一辆汽车在出厂前，都经过严格的检测。"销售顾问说。

他不知道苗我白是汽车专家。

"我们还是先看车吧。"崔文然说。

"也好，请跟我到后边来。"销售顾问同意。

后院停放着八辆汽车，其中有四辆汽车的车身是白颜色。

苗我白打开其中一辆车的发动机舱盖，看。

"可以发动吗？"苗我白问销售顾问。

"可以。"销售顾问拿出一串汽车钥匙，他发动汽车。

苗我白仔细听发动机的声音。

"行吗？"崔文然问苗我白。

"这辆车没问题。"苗我白说，"咱们去交钱吧。"

苗我白和崔文然同汽车销售公司的女会计到汽车交易市场门外的一家银行"洗钱"。回到汽车销售公司后，会计给崔文然开发票。

会计抬头看着崔文然和苗我白问："带身份证了吗？写谁的名字？发票上写谁的名字，汽车的产权就是谁的了。"

"写她的名字。这是身份证。"苗我白拿出崔文然的身份证。

崔文然幸福地依偎在苗我白身边。

"需要我们帮您上牌照吗？"销售顾问问苗我白。

崔文然对苗我白说："好不容易买了属于自己的车，我想自己给车上牌照。"

"你不怕麻烦？"苗我白问妻子。

"我觉得是享受。"崔文然说。

"那好，我们自己上牌照。"苗我白对销售顾问说。

"保管好发票。"销售顾问叮嘱苗我白。

苗我白给妻子开车门，崔文然坐在驾驶员的位置上，苗我白从另一侧上车。汽车里弥漫着新车特有的气味，崔文然用泡在笑容里的嘴唇吻了苗我白一下。笑容立刻传染到苗我白脸上。

崔文然点火，汽车驶出销售公司。

"终于有自己的汽车了！"崔文然很兴奋。

"咱们去办上牌照的手续？"苗我白问妻子。

"我想先去兜兜风。"

"去哪儿？城里到处堵车。"

"去郊区吧！"崔文然说。

"你找家超市停下来，我买点儿吃的，咱们去郊外野餐。"苗我白说。

苗我白和崔文然乘坐他们的爱情之舟驶到郊外一个有山有水的地方，他俩背靠汽车在草地上野餐，眼前是山水，身边是情侣，背后是爱车，头顶是蓝天。车载收音机里传出动听的旋律。

"我又心想事成了一回。"崔文然一边喝饮料一边惬意地说。

"那是，你只想能成的事。"苗我白吃香肠。

收音机里的音乐结束后，一个男主持人对听众说该台正在举办创业新招儿有奖竞赛，欢迎大家参加。

崔文然逗苗我白："你想个创业新招儿，咱也拿个奖。"

苗我白煞有介事地想。

"你还真想呀？"崔文然推苗我白。

"你当我就会修车？我的点子也不少。"苗我白说。

"那是，修没有配件的汽车肯定得靠点子。"崔文然说。

苗我白一边吃面包一边看面包包装纸上的生产日期一边说："我想出的点子有点儿损，但肯定受商家欢迎，他们会出大价钱买我的这个点子。"

"干吗是商家不是消费者？"

"我这个点子只受商家欢迎，消费者会吞了我。"

"有这种点子？你说。"崔文然看着天空中掠过的几只鸟说。

"如果有人发明出生产日期能像汽车里程表那样蹦字的食品外包装，商家不高兴疯了？"苗我白说。

"我没听明白。"崔文然瞪大眼睛扭头看丈夫。

"消费者买食品是不是都要看外包装上的生产日期？生产日期太久了，消费者不会买，商家就会受损失，是不是？"苗我白说。

"我明白了，你的点子是食品的外包装的生产日期是按日历变化的，尽管这包食品可能是一个月前生产的，但它的外包装上显示的生产日期永远是今天。"

"损吧？"

"太损了！"

"制造食品的商家肯定欢迎这项技术。"

"是不法商家欢迎。"

"你的纠正很正确。制造止泻药的药厂也会欢迎。"

"那是，如果商家都用生产日期能'蹦字'的食品外包装，拉肚子的人肯定海了去了。"

"我的这个点子怎么样？"

"馊点子。"崔文然笑，"你想个站在消费者角度的点子，比如识别食品真假保质期的微型探测器什么的。或者再大点儿，站在国家角度的点子。"

苗我白做沉思状。

车载收音机不时传出主持人公布的应征点子。

"如果某个国家发射的载人宇宙飞船像美国'挑战者'号那样栽了，是不是挺没面子？"

"那是。"

"我想了个旱涝保收的点子。"苗我白说，"选择宇航员时，专找双胞胎。万一哥哥升空后为国殉职了，让地面上和哥哥长得一模一样的弟弟为了国家的荣誉替哥哥'凯旋'。"

"够绝的，但属于弄虚作假吧？"崔文然笑，"我发现你想的都是馊点子。修车也这样？"

"修没有配件的汽车，有时还真得靠馊点子。"苗我白也笑。

他俩坐在草地上靠着自己的汽车边吃边聊，语言渐渐体力不支难以胜任对接情感的任务后，他们就改用别的方式沟通对接。

次日上午，苗我白和崔文然去给汽车上牌照。事先苗我白向冠军公司专门负责给客户办理汽车上牌照的业务员咨询了汽车上牌照的流程，业务员告诉他，上出租车牌照除了要经历上非营运汽车同样的程序外，还要经过额外的关卡。

尽管苗我白和崔文然对于汽车上牌照手续之繁杂有心理准备，尽管崔文然是存心要"享受"给自己的爱车上牌照，他们还是觉得下了一次油锅。光是工商验证、缴纳购置税和办理泊位证明就让苗我白夫妇忙了一天。这些机构分布在城市的不同地方，有的还酒香不怕巷子深，甚至像地下党机构那样含蓄隐蔽曲径通幽。按说身为出租车司机的崔文然对大街小巷游刃有余，即便是她，也被这些机构所处的位置弄得晕头转向。

在某机构，办事人员要求崔文然留下购车发票和她的身份证复印件，崔文然问哪儿有复印机。人家说我们这儿没有，你出去复印。崔文然问出去哪儿有，人家说出门往左开大约三公里处有一家复印店。崔文然驾车和苗我白找到那家复印店，店员将崔文然的身份证和购车发票复印在一张纸上，她说这样省钱。崔文然和苗我白对那店员大生好感。没想到回到要复印件的机构，人家说购车发票和身份证要分别复印。苗我白忍无可忍地说，你撕开不就行了？人家说撕开纸的尺寸就不对了，如何存档？苗我白说那你应该事先告诉我们呀，人家说我怎么知道你们是不是第一次买车，万一我告诉你们了，你们说不定还被我刺伤了自尊，在心里骂我小看了你们，这是你们买的第二辆汽车。苗我白说，既然你们要求复印存档，就应该自己准备复印机，哪儿有让车主自己复印的道理？你们收的手续费干什么用了？退一步说，就算让车主自己复印，你们也完全可以在大厅里设一台收费的复印机呀，既能创收又能解决本单位下岗职工的再就业，何乐而不为？那工作人员看着苗我白说，看来你真是第一次买车，我得给你扫扫盲，你还要去很多地方办手续，每个地方都会要求你留下各种单据或证件的复印件，没有一个机构会自备复印机给你免费复印。不错，我们是收了你的手续费，按道理说，是应该给你复印，遗憾的是，上边没有下达这样的文件。你有气，可以打市长电话呀。崔文然对苗我白说，早知道这样，咱们事先多复印一些，人家要时，咱们掏出来就给。那工作人员说，我给你提个醒，有的机构要求你必须在他们大厅里的收费复印机复印，你要出示人家的"复印工本结算单"人家才给你办手续，你自己事先复印的无效。苗我白和崔文然瞠目结舌心说幸亏事先没复印，印了也白印。

苗我白和妻子在深切体验了亡国奴式的赔着笑脸交钱的经历后，终于在傍晚前办妥了工商验证、缴纳购置税和泊位证明。

晚上，苗我白和崔文然有气无力地躺在床上，苗我白打退堂鼓："我看，明天验车还是让我们公司专管上牌照的小黄跟着吧。他熟。"

崔文然说："我还是想亲自给自己的汽车第一次验车。要不我自己去？"

苗我白叹了口气，说："我跟你去。"

崔文然还想说什么，疲惫不堪的苗我白已经发出鼾声。

次日清晨，崔文然驾驶新车和丈夫去机动车检测场验车。在验车场门口，一个小伙子扒在车窗上问崔文然："大姐，需要我帮忙验车吗？"

经历过多次验车的崔文然笑着摇头。

苗我白问："他能帮什么？"

崔文然说："过去我验车经常找他们帮忙。他们的绰号是'车虫'。再有问题的汽车，只要交够了钱，也能通过验车。再没问题的汽车，交不够钱，也通不过验车。有一次一个车虫对我说，只要给够了钱，他能让马车通过汽车年检。"

"那咱们？"苗我白担心。

"咱们是新车，应该没问题。"崔文然说。

苗我白说："难怪每年有那么多由于车况不好导致的交通事故，验车原来是走形式。这样的验车，等于将猛兽放养在城市的大街上。"

经过一个小时的排队等侯，崔文然驾驶汽车驶进一座厂房。

一个身穿工作服的宽脸女子示意崔文然停车。苗我白看见汽车前方的屏幕上显示出"尾气检测"。

宽脸对崔文然说:"你们下来。"

崔文然和苗我白下车,宽脸坐进汽车,她踩油门。另一个男工作人员将一根细管插进汽车的排气管。

"尾气不合格。"工作人员对崔文然说。

"这是新车,尾气不可能不合格。"苗我白说。

"不是我说的,是电脑说的。"男工作人员说。

"我来踩油门,准合格。"苗我白已经看出宽脸在踩油门时作弊。

"我们的检测员都是经过专业培训的。您如果有意见,可以投诉。"男工作人员说。

宽脸下车问崔文然:"您是去投诉还是去修车?"

"修车。"崔文然说。

"这车的尾气没问题!"苗我白说完趴在妻子耳朵上小声告诉她宽脸是如何作弊的。

崔文然同样小声告诉丈夫:"必须修,人家是为了挣钱。"

苗我白对宽脸说:"我会修车,我自己修行吗?"

宽脸很痛快:"当然可以。"

男工作人员指着一个窗口对苗我白说:"您先去交尾气检测费。"

苗我白说:"现在就交费?不是还没通过吗?"

"检测一次交一次费。"那人说。

苗我白只得去交费,二十五元。苗我白得到一张印有"测尾气电脑费贰拾伍元"的收据。

崔文然和苗我白上车,崔文然说:"必须让他们修,交点儿费,否则咱们的车过不了关。"

"他们怎么修没毛病的车？"苗我白问。

"过去我开化油器的车验车时，尾气不合格，人家就是打开化油器往里边喷点儿清洁剂，就算修完了。"

"如果汽车尾气真的不合格，喷清洁剂能管用？"

"可以管一个小时。"

"我终于知道咱们城市的空气为什么老也治理不好了。汽车验车时，尾气不合格，验车场就往发动机里喷清洁剂，然后大把收钱。以一个小时的合格发给汽车一年的尾气合格证。好不了。"苗我白愤慨。

"都是这样，关咱们什么事？去让他们喷一下吧。"崔文然说，"这才是第一关，后边关卡还多着呢，都这么较真，一年也验不完车。"

苗我白说："新车保修一年，就算有问题，修车也应该汽车厂家出钱。"

崔文然叹了口气，说："你只会修车，不懂验车的内幕。我是验车的行家，今天能不能听我的？"

"反贪局长如果不兼任所有机动车检测场场长，这座城市的空气不可能好，交通事故也不可能下降。"苗我白说。

"我开去修车了？"崔文然问。

苗我白只能妥协，他不想验一年车。

崔文然将汽车开进尾气修理车间，一个中年男子打开发动机盖假模假式地看。

苗我白挑衅地对他说："尾气不合格，您给修修。"

中年男子说："其实没什么好修的，我给您盖个已修理的合格章就行了，也节省您的时间。时间是金钱呀，您说是吧？"

苗我白不干："那怎么行？既然不合格，一定要修好。"

崔文然拉苗我白。

"我修了？"中年男子拿出毁车的架势。

"不用了，不用了。谢谢您。"崔文然赶紧说。

中年男子说："先去交修理费，七十五元。回来拿着发票，我给你们盖合格章。"

崔文然拉着咬牙切齿的苗我白去交费，路上，她开导苗我白："你可真是少见多怪。过去我每年验车，都是这样。你知道机动车年检手续费是多少钱吗？七元。多廉洁！可你要先将两百元押在人家手里，验车的每个关卡都会给你'修车'，到最后，你的两百元人家只还给你几毛钱，人家的修理发票都是事先开好的，一摞一摞地分门别类摆放在桌子上。如果是公家的汽车，司机还可以挑选购买高压锅、西服、鞋子什么的日用品，验车场给司机开修车发票，司机回单位报销。"

"你是说，从表面看，验一次车只收费七元，而实际上，是收费近两百元？"苗我白问。

"是的。只要你交够了钱，没有制动的汽车都能拿到验车合格证。"崔文然说。

苗我白沉默了半晌，说："这和杀人有什么区别？"

在收费窗口，崔文然交了七十五元。苗我白往窗口里看，桌子上果然分门别类摆着几摞事先开好的发票，收款员从其中一摞发票中拿出一张，递给崔文然。

苗我白从妻子手中拿过发票，看，苦笑。

回到尾气修理车间，中年男子看了发票后，拿出表面看是证明尾气已修理合格实际上是证明已收费的章，盖在检测记录单上。

崔文然驾驶汽车再次排队，再次进入尾气检测站。宽脸再次坐在驾驶员的位置上猛轰油门。

"合格了。去交费吧。"男工作人员对苗我白说。

崔文然又交了二十五元电脑尾气检测费,另交三元"机动车绿标工本费",领取了一张贴在汽车挡风玻璃上的不干胶尾气合格证。

"这么一张巴掌大的不干胶贴纸的成本有三元?"苗我白虎着脸说。

"如果你连这点儿肚量都没有,今天验完车,我估计你会被气疯了。"崔文然对苗我白说。

"这和抢劫有什么区别?"苗我白说。

"合法呀。"崔文然说,"合法不合理的事多了。"

苗我白听从崔文然的劝告,他调整了心态。在经历了灯光、刹车、手刹等不合格并"修理"交费后,一直表现得极为绅士且有涵养的苗我白在经历拓号时,终于忍不住了。

所谓拓号,就是将汽车发动机号码和车架号码拓印在一张纸上,再将这张纸上拓的号码剪下贴在机动车登记表上。苗我白购买的这台新车的厂家为了方便车主,出厂时已将发动机和车架号码拓好,夹在汽车的合格证里。

崔文然对手持纸张和笔的工作人员说:"我的车出厂时已经拓了号。"

工作人员说:"厂家拓的不算数。"

苗我白问:"为什么?"

那工作人员是实在人,他说:"我们要挣拓号费。"

苗我白说:"我们拓号费照交,这样不是可以节省时间吗?"

工作人员说:"我们没给你拓号却收费,是行业不正之风。"

"太不像话了!"苗我白勃然大怒。

那工作人员吃惊地看着苗我白。

崔文然赶紧解释:"他不舒服,您别在意,你们拓吧。"

不知是那工作人员有意报复苗我白还是这辆车的发动机号码确实难拓,拓号经历了半个小时才完成。

到下午四点时,苗我白和崔文然总算进入了验车的最后一关:总检。

总检大厅里人头攒动,身经百战疲惫不堪的车主均从绅士蜕变成恶棍,遇到有不排队的车主,人们就叫骂甚至以武力威胁。

"我去排队,你把拓号贴在登记表上,那边有剪子和胶水,千万别把号剪掉了,剪掉了还得再去拓一遍。"崔文然吩咐苗我白。

一张遍布污渍的桌子四周围满了贴号的车主,苗我白好不容易挤进去,桌子上有一把用铁链子拴住的锈迹斑斑的剪刀,一碗不用舌头舔根本榨不出的胶水。

苗我白手持那把戴着脚镣的剪刀,战战兢兢地剪和小拇指差不多粗细的拓号。总算顺利剪完了,苗我白将手指伸进胶水碗,他搜刮不出一滴胶水。

不把拓号贴在机动车登记表上,人家是不给你总检的。苗我白看四周找胶水。

一个好心人小声给苗我白指路:"哥们儿,这儿五点半下班,您得抓紧,不然明天还得再跑一趟。去厕所想想办法。"

苗我白感激:"厕所有胶水?谢谢你。"

"厕所怎么会有胶水?"那人笑,"用你自带的胶水呀,还是天然绿色环保胶水呢!"

苗我白还是不明白。

那人和苗我白耳语。

苗我白差点儿吐了。

苗我白犹豫着朝总检大厅的厕所走去,排队的崔文然大声问苗我白干什么去。苗我白不知怎么回答妻子，他只能用手含蓄地瞎比画。

在五点半之前，苗我白没能如愿以偿地将拓号贴在机动车登记表上。随着下班铃声的准时响起，窗口里的工作人员都蒸发般地消失得无影无踪。

次日，崔文然说什么也不让苗我白跟她去总检了。苗我白担心崔文然巧妇难为无米之炊，他叮嘱妻子带上一瓶胶水。

一个月后，崔文然拿到了新车牌照。崔文然和苗我白为此到饭馆吃饭庆祝。席间，崔文然用许多上牌照的"花絮"给苗我白佐餐。比如交车船使用税时，崔文然排了一个小时队排错了窗口，她排的窗口是交屠宰税的。

崔文然边吃边说："如今领取汽车牌照是电脑选号，全凭运气。电脑里有二十个快速滚动的号码供车主'选择'，车主按确定键后，电脑屏幕上出现哪个号码，车主就只能要这个号码，不能再按第二次。"

苗我白一边喝啤酒一边说："这样做看似公平，其实不公平。为什么不利用价格杠杆让富人向国家多交点儿钱？应该是这样：车主按到不吉利的号码，如果自愿向国家或慈善机构交一千元钱，可以再按一次。"

"再按到不吉利的号码呢？"崔文然说。

"交两千元后再按一次，以此类推递增。有可能车主按二十次碰到的都是同一个号码。"苗我白说，"这样做的前提是必须确保这笔钱上缴国库，再由国家拿去救济穷人。这是消除贫富差距的一个办法。"

"可惜你不是制定政策的人。"崔文然笑，"是挺傻的。光在不该收费的地方收费，而且钱还到不了国家手里。"

第四章

　　崔文然终于开上了自己的出租车。除了营运，她每天按时接送苗我白上下班。苗我白把汽车维修保养得跟航天飞机似的。

　　每天晚上，清点当天挣的钞票成为崔文然的一项"娱乐"活动。驾驶自己汽车的头一个月，崔文然挣了七千八百元。

　　崔文然得意地对苗我白说："这可都是纯利呀。"

　　苗我白提醒妻子："应该算是收回投资吧？"

　　崔文然说："你应该鼓励我。"

　　苗我白赶紧说："是纯利，是纯利。"

　　崔文然的亲朋好友不少，知道她有点儿钱的人也不少。人性驱使，觊觎她钱财的人自然不少。特别是崔文然和苗我白结婚后，家庭收入翻倍增长，亲朋好友更是蠢蠢欲动，凡是碰到和钱沾边的难处，人家自己的存款不动，却首先想到崔文然的钱包。而崔文然的财务原则是，绝对不接受别人借钱或要钱。她坚信自己有一流的判断力和菩萨心，该给别人钱时自己会准确无误恰到好处地主动给人家。

　　这天早晨，崔文然驾车将苗我白送到冠军公司上班，下车前，苗我白叮嘱妻子注意休息，中午最好回家睡个午觉。

　　"今天事多，我要去税务局办车船使用税。"崔文然说。

　　苗我白奇怪："不是刚交了车船使用税吗？车船使用税不是一

年交一次吗？"

"人家又出台新政策了，今后改为用银行卡交车船使用税，税务局通知让车主去办卡，而且要去两次，第一次登记，第二次领卡。"崔文然笑着说，"我都懒得跟你说这些事，怕你烦。"

苗我白果然烦："改变交费方式，也应该在缴纳下个年度的车船使用税时改变呀，哪儿有中途让车主去办卡的道理？车主已经遵纪守法地向税务局交了一年的车船使用税，你有什么权力让人家中途再跑两趟？为什么不在下次交税时办银行卡？实质是揽储吧？"

崔文然赶紧加油走人："得得，算我没说，又不是让你去办。晚上来接你！"

苗我白气呼呼地走进车间换工作服，调度给他一张派工单："苗技师，您给看看这辆车。"

苗我白接过电脑打印的派工单，只见故障一栏里打印的字是：修理手音机。

苗我白赶紧叫调度："小李，你回来，这车修什么？"

"派工单上写了，修收音机呀！"调度回来说。

"你看看这上面打印的是什么。"苗我白说。

调度看了笑得死去活来："疏忽疏忽，怨电脑。当然，我也有责任，怎么就没仔细看呢？我去改过来。"

"甭改了。"苗我白也笑，"我知道是收音机就行了，不然肯定要苦找了。"

下班后，苗我白到公司门口时，崔文然已经在等他了。

同事都羡慕苗我白，小张说："苗技师比王总还牛，王总还是自己开车呢，苗技师有专职司机伺候。"

苗我白一边上车一边说："是爽。"

崔文然问："爽什么？"

苗我白说:"夸你呢。我以后发明一种装置,我坐上来后,车里的防抢栏就自动消失了。"

"那敢情好。"崔文然一边开车一边笑。

"今天挣了多少?"苗我白问。

"像我这么守法的出租车司机,挣不了太多,也就是几百元吧。"

"几百还少!"苗我白看着车窗外说,"还有不守法的出租车司机?"

"计价器上的猫腻多了。"崔文然说,"有的出租车司机给计价器搭上脉冲。脉冲你知道吧?"

"我是汽车修理技师。"苗我白笑,"他们把脉冲线接在哪儿?"

"有的接在手刹上,只要司机一拉手刹,计价器就猛蹦字。"崔文然说,"乘客如果发现出租车司机在平地等红灯时拉手刹,准有问题。"

"够损的。"

"还有把计价器的脉冲线接到车载收音机上的,播放音乐时,计价器就蹦字。"

"播放节奏感强的音乐蹦字就快?"

"当然。有的出租车司机专门播放迪斯科录音带。"

"够王八蛋的。"苗我白说。

"出租车司机也不容易,每年都有被歹徒抢劫甚至杀害的。"崔文然说。

"说到收音机,我给你讲一个今天我遇到的笑话。"苗我白说。

他们就这么一路聊到家。

苗我白和崔文然结婚后,日子过得甜蜜,除了孩子,他们什么都不缺。虽然结婚几年没有孩子,但苗我白和崔文然并不急,他们甚至连医院都没去过。他们不想知道到底是谁的问题。苗我白夫妻在这件事上有共识：一个巴掌拍不响。

这是一个初冬的下午，天空显得单调无聊，几声不知从哪儿传出的装修的尖厉电锯声刺向太阳。苗我白下班走出冠军公司，公司门外没有崔文然的汽车。

"苗技师，嫂子还没来？"同事问苗我白。

"可能堵车。"苗我白说，"你们先走，她一会儿就来。"

半个小时过去了，崔文然还没来。

苗我白拿出手机给妻子打电话。

"您拨叫的用户没有开机。"移动公司告诉苗我白。

"怎么会？"苗我白不信崔文然这个时间不开机。

苗我白再打电话。还是没开机。

"她的手机电池没电了？"苗我白站在路边嘀咕。

王若林驾驶汽车从公司出来经过苗我白时停下来。王若林问苗我白："小崔还没来？她有事不来了？我捎你一段？"

"她一会儿就来。王总走吧。"苗我白说。

苗我白目送王总的汽车远去，他知道，王若林每天下班后要去打半个小时网球。

苗我白在路边来回溜达，他估计崔文然遭遇了严重的堵车。曾经有一次，崔文然被堵车羁绊迟到了一个小时，但那次崔文然随时使用手机向苗我白通报他俩之间的距离。

半个小时过去了，崔文然还没来。

苗我白再给崔文然打电话，还是没开机。

苗我白开始不安，他站在路边，往路的两边眺望。几辆出租车误以为苗我白是在等出租车，他们将车停在苗我白身边，见苗我白无动于衷，才悻悻地开走了。

一个小时后，苗我白清楚崔文然出意外了，他可以肯定如果崔文然是遭遇堵车，她必然会给他打电话。

苗我白先往自己家打电话，尽管他知道崔文然此时在家的可能性几乎是零。果然没人接听。

苗我白再给崔文然的父母打电话。

岳父接电话。

"爸，我是苗我白。文然今天去您那儿了吗？"苗我白问岳父。

"没有啊。"岳父说。

"今天她给你们打电话了吗？"

"没有啊，怎么了？"岳父问。

"她每天准时来公司接我。今天已经过去一个小时了，她还没来。"苗我白说。

"堵车吧？你再等等。给她打手机呀。"

"她没开机。"

"手机没电池了吧？"岳父说。

"我再等等。"苗我白说。

苗我白攥着手机在路边来回走，他的情绪比身边的交通状况还乱。

此后的时间对于苗我白来说，只能用度秒如年形容。他不停地看表，他发现自己的手表指针巍然不动，包括秒针。在终于熬过"十五年"后，苗我白清楚自己不能再等下去了。

苗我白首先给哥哥苗我绿打电话。苗我绿比苗我白大四岁，是国家级环保专家。往常苗我白在生活中遇到难题，都是先和苗我绿商量。

苗我白很快拨通了苗我绿的电话。

"哥，我是苗我白。我遇到事了。"苗我白说。

"什么事？"苗我绿问。

"崔文然失踪了。"

"失踪？怎么会？多长时间了？"

"一个多小时。"

苗我绿笑了："一个小时怎么能叫失踪？"

"每天她准时来接我，今天过了一个小时还没来。电话也联系不上。"苗我白说。

"你能肯定是出意外了？"

"很不正常。我了解她。"苗我白说。

"你在哪儿？"

"冠军公司门口。"

"我马上去。"苗我绿说。

得知哥哥马上赶到，苗我白心里稍微踏实了点儿。苗我白从小就听哥哥的，苗我绿是那种处乱不惊的人，从小就是。苗我绿毕业于国内某名牌大学，随后他又去美国某世界名牌大学深造数年，他的一篇有关环境保护的论文受到了某环保大师的青睐，那位大师有意将苗我绿收至麾下，无奈苗我绿执意回国。苗我绿回国后受到了重用，他现在是这座城市环保局的首席专家，由于该城市在四年后将举办一次世界级的运动会，政府对治理城市污染提出了硬指标，作为首席环保专家的苗我绿肩上的担子很重。苗我绿在美国就读期间，父母相继患重病，苗我绿没能回国照料父母，全凭苗我白和苗我红尽孝心。苗我绿在美国获得博士学位那天，父母双双辞世。父母辞世时没能在父母身边，作为长子的苗我绿在负疚的同时，也对苗我白和苗我红生出感激之情。苗我绿回国后，尽管工作忙，但只要弟弟妹妹有事找他，他都责无旁贷地相助。

苗我绿乘坐出租车赶到冠军公司门口时，看见苗我白神色慌张地朝他跑过来。

苗我绿向出租车司机付款后,下车问苗我白:"文然还没信儿?"

"肯定出事了!"苗我白说。

"你先别急。"苗我绿说,"离这儿最近的派出所在哪儿?"

"干吗?"

"报案。"苗我绿说。

"派出所离这儿不远。"苗我白说,"她会出什么事呢?"

"只有三种可能:交通事故、突发急病和……"苗我绿不想说出"被劫"这两个字。

"现在去报案?"苗我白问。

"你去报案,我在这儿等文然。如果她来了,我打电话告诉你。"苗我绿说。

苗我白觉得哥哥考虑得很周到。

苗我白到派出所报案。一位年轻的男警察接待他。

"我妻子失踪了。"苗我白说。

"失踪多长时间了?"警察打开记录本。

"可能是一天。"苗我白从他和崔文然早晨分手算起。

"可能?"警察抬眼看苗我白。

"我们早晨分手后没再联系过。她是出租车司机,每天我下班时她到我的公司门口接我,如果她有事来不了,她一定会打电话告诉我,而今天已经过去两个小时了,她没来也没给我打电话,我打她的手机,她没开机,这很不正常。"

"她的名字、年龄、特征……"警察问。

苗我白一一回答。

警察忽然想起了什么,他移动桌上的鼠标,看电脑屏幕。

"你妻子今天穿什么颜色的衣服？"警察问苗我白。

"咖啡色上衣。"苗我白说。

警察叹了口气。

"你们的网络上有我妻子的信息？"苗我白问。

"你有亲属吗？"警察没回答苗我白的问话。

"有。"

"方便现在叫来一个吗？"

"我妻子怎么了？！"苗我白急了。

"不一定是你妻子，你先别急。中午市局在网上发了协查通报，上午在郊区发现了一具无名女尸。"警察说。

"在哪儿？我看看！"苗我白看电脑。

"没有照片。"警察说，"我给你联系去辨认，但你得叫上你的一名亲属或朋友。万一你支撑不住，得有人照料你呀。"

"我哥在。"苗我白说完给苗我绿打电话。

苗我绿接电话后迅速赶到派出所，他神色凝重地问苗我白："有文然的下落了？"

警察对苗我绿说："你是他的哥哥？"

苗我绿点头。

警察说："市局中午在网上发布了一份协查令，今天上午，在郊区发现了一具女尸，经法医验尸推定死亡时间为今天上午。这是尸体存放处的地址，我已经给市局打了电话，你们去辨认一下。"

苗我绿问警察："网上有死者的特征吗？"

警察看了看苗我白，说："不好说。你们快去吧。"

苗我绿从警察的表情上看出崔文然凶多吉少，他对发呆的苗我白说："咱们去。"

苗我绿和苗我白按照警察书写的地址乘坐出租车去认尸，苗我白在车上喃喃地对苗我绿说:"哥,如果真是文然,我怕我过不去。"

苗我绿说:"胡说。人没有过不去的事,只有过不去事的人。"

苗我白掏出手机,给崔文然打了一路电话。杳无音信。

进入停尸房后,一名警察掀开一张停尸床上的白布,苗我白和苗我绿一眼就认出那是崔文然。

苗我白扑上去声嘶力竭地大哭。

警察对苗我绿说:"拉住他。"

苗我绿使劲儿抱住苗我白:"我白,你哭吧,但别碰文然,别影响警方破案。"

苗我白看着没有血色没有气息的崔文然,他无法接受这个事实:早晨分手时还和他息息相关的崔文然,现在却和他形同陌路,相逢不相识,身在曹营心在汉,灵魂去了另一个世界。

苗我白和哥哥抱在一起,他的精神和身体都需要支撑,否则必定坍塌。

苗我绿见多识广,他当年在美国曾经经历过纽约世贸大楼遭受恐怖分子飞机炸弹的袭击,失去亲人的美国同事将他当作支架紧紧靠在他身上痛哭流涕。苗我绿当时满脑子只有一个念头:最安全的国家恰恰可能是最不安全的国家。苗我绿之所以回国发展,这也是其中的一个因素,他料定,恐怖分子不会从此放下屠刀立地成佛金盆洗手,肯定还有更加惨无人道的恐怖计划虎视眈眈地恭候美国人民。苗我绿不想陪葬。

警察叫来一个穿便衣的人,警察对苗我白说:"他是负责这个案子的杜警探,他有话问你。"

杜警探看苗我白,看完苗我白又看苗我绿,看完苗我绿再看苗我白。

杜警探对苗我白说:"我接手这个案子,我叫杜岩水。我希望能得到你们的协助。你是死者的丈夫?"

苗我白哭着点头。

杜岩水大概觉得苗我白情绪太激动,他转问苗我绿:"你是他的亲属?"

苗我绿说:"我是他哥哥。"

杜岩水对苗我绿说:"请你稳定他的情绪,我需要尽快了解情况。"

没等苗我绿说话,苗我白擦干眼泪,对杜岩水说:"你问吧。"

"你妻子的名字?"杜岩水问。

"崔文然。"苗我白说。

"职业?"

"出租车司机。"

"隶属哪家出租车公司?"

"个体。"

"你最后一次见她的时间?"

"今天上午八点。"

"你们分手时她开着车?运营?"

"是。"

"你是怎么知道她出事了?"

"我每天下午下班时,她开车到我的公司门口接我回家。今天她没来,我打她的手机,她没开机。后来我哥叫我到派出所报案。派出所的警察叫我到这儿来辨认。"

"你们夫妻关系很好?"

"是的。"

"她的手机号码?"

苗我白告诉杜岩水。

见杜岩水问完话了,苗我绿问杜岩水:"是抢劫杀人案?"

杜岩水说:"估计是。近来本市发生了多起抢劫出租车恶性案件,作案手法相同,凶手都是骗出租车去郊区,在僻静地段杀害司机,将出租车劫走。"

苗我绿问:"凶手是为了卖车?出租车能值多少钱?"

"积少成多呀。"杜岩水说,"近来发生的多起抢劫出租车案件,像是一个人或团伙干的。"

苗我白抓住杜岩水的胳膊:"你一定要抓住杀害我妻子的凶手!"

杜岩水说:"我会尽力的,但是这个凶手很狡猾。我估计他懂汽车,他能将发动机号码和车架号码改得天衣无缝,然后再卖车。我在二手机动车交易市场布置了人,至今没发现出售被抢劫的出租车。"

苗我绿说:"会不会卖到外地去了?"

"附近几个省的车管所我都通报了,只要有被劫的出租车的发动机号码出现,我马上就会知道。遗憾的是没有。"杜岩水说。

当天晚上,苗我绿陪伴苗我白度过崔文然遇害的第一个夜晚,苗我白几次想追随崔文然去,都被苗我绿制止了。

火化崔文然那天,苗我白紧紧抱着崔文然的尸体长达六个小时,任谁也分不开他俩。

崔文然遇害一年半后,在鲍静的撮合下,苗我白和鲍蕊结婚。

崔文然的案子一直没破,后来本市又有几个出租车司机遇害。杜岩水压力很大,上司已经给他定了时间表,届时破不了案,杜岩水将被批评。

第五章

鲍蕊下班一进家门，就从包里拿出一瓶药递给苗我白："我给你买药了，据说这药很管用，晚饭后你吃药，保管你再听不到汽车防盗器响了。"

苗我白说："我不吃，今晚我一听见防盗器响，我就下楼看看到底是怎么回事。"

鲍蕊说："夜里根本就没有防盗器叫，是你的错觉。听话，把药吃了。"

苗我白接过药瓶，放在桌子上，说："我一会儿吃。"

苗我白看着进卫生间洗手的鲍蕊的背影，他轻轻叹了口气。苗我白和鲍蕊结婚半年了，但他和鲍蕊相处时，没有和崔文然相处时那种幸福感。苗我白对幸福的理解是：希望此刻永远保持下去。苗我白和崔文然相处时，他总是盼望时间永远停留在这一刻。而苗我白和鲍蕊相处时，有时他甚至希望时间过得快一点儿。和鲍蕊在一起时，苗我白脑海里总是浮现崔文然，包括最不该浮现的时候。

苗我白和鲍蕊共进晚餐。他们一边看电视一边聊天一边吃饭。昔日苗我白和崔文然吃晚饭聊天的话题是崔文然碰到的形形色色的乘客，如今苗我白和鲍蕊的话题是鲍蕊碰到的形形色色的患者。

鲍蕊是儿科病房的护士，她的话题自然都是小患者和他们的父母。

鲍蕊边吃边说："孩子得病，都是父母的过错。包括遗传。"

"那是。"苗我白同意。

"孩子得了病，大人真着急。"鲍蕊说。

"没孩子也挺好，省心。"苗我白说。

"白发人送黑发人真惨。"

"美国纽约世贸大楼里那么多精英，不是说完就完了？奋斗了半辈子，好不容易MBA毕业了，进入了世界顶级大公司和顶级建筑，没想到因福得祸，死于恐怖分子的飞机炸弹，他们的父母多伤心。"苗我白一边吃米饭一边说。

"我过去看到一本书上说，二十世纪改变世界的有三个人：列宁、爱因斯坦和希特勒，你说二十一世纪改变世界的人有谁？"

"本·拉登肯定是二十一世纪第一个改变世界的人。"

"我就纳闷儿，一般来说，穷人才会对社会不满。像本·拉登这样的亿万富翁怎么也会不满？还主动放弃优越的生活，跑到山沟里去过苦日子。世界越来越奇怪。"鲍蕊给苗我白盛汤。

"依我说，麻烦就出在这儿。不正常，违背情理。"苗我白边喝汤边说，"就说正常的社会形态吧，应该是青年人反抗，老年人失望。如果反过来，青年人失望，老年人反抗，肯定会出问题。"

"没错，如果护士给患者看病，医生给患者打针，保准得死好多人。"鲍蕊说。

晚饭后，鲍蕊督促苗我白吃药，苗我白佯称吃了。

入睡前，苗我白拿定主意，如果今天晚上楼下的汽车防盗器再叫，他立刻下楼捉拿。

熄灯前，鲍蕊问苗我白："你有心事？徐超又给你使坏了？"

鲍蕊知道，冠军公司销售部经理徐超是苗我白在公司里的对头，徐超常在董事长王若林那儿说苗我白的坏话。有时苗我白被徐超弄得挺烦。

"没有。睡吧。"苗我白说。

鲍蕊发现苗我白将衣服放得井井有条,床头柜上还有手电筒。

"你预感到有地震?"鲍蕊熄灯前和丈夫开玩笑。

苗我白据实告诉妻子:"如果今晚汽车防盗器再吵醒我,我想立刻下楼看看。"

"你没吃药?"

"明天吃。"苗我白说,"我总觉得不是错觉。"

"你挺固执。"鲍蕊关灯。

苗我白很快就睡着了。由于他有准备,当深夜传出第一声汽车防盗器的报警声时,他就醒了。

苗我白看鲍蕊,对于刺耳的汽车防盗器报警声,鲍蕊无动于衷。

苗我白迅速穿上衣服,他拿着手电筒离开家,快速下楼。苗我白要抢在防盗器报警声停止之前找到那辆汽车。

楼下的汽车一辆挨着一辆,苗我白循着声音找过去,他看见了那辆"骚扰"他的汽车。

苗我白心里有几分得意,他终于找到了不是自己产生错觉的证据。苗我白接近那辆发出鸣叫的汽车,他看见不远处站着两名对汽车防盗器鸣叫充耳不闻的保安。

"他们怎么听不见?"苗我白纳闷儿。

那辆汽车突然间偃旗息鼓了,苗我白这才仔细观察那辆汽车,他发现这是一辆他从来没见过的汽车。汽车的外形比较奇怪。

苗我白走到车头前看汽车牌照,没有牌照。

苗我白用手电照汽车前风挡玻璃的上方,没有年检合格标志。他再看风挡玻璃的下方,没有小区核发的机动车出入证。

苗我白觉出这是一辆很蹊跷的汽车，他在车头和车尾都没有找到商标。类似这种无生产厂家无牌照的汽车，对于对汽车见多识广的苗我白来说，还是头一次遇到。

苗我白站在驾驶员一侧的车门旁，他低头往车里看，他看它的防盗装置。突然，车门发出"咔嗒"一声，车门开启了，碰到苗我白的身上。

苗我白没想到车里有人，他赶紧后退两步。苗我白清楚，车主大都不喜欢别人这么围着他的车看，特别是在黑天。

车门没有继续开启，只是露着一道缝儿，苗我白不明白车里的人要干什么，他等着车主下车。

车门不动。夜色浓重，苗我白看不清车里的人。

大约过了几分钟，苗我白见那人不下车，就说："你的防盗器吵醒了我。这么晚，你的车不应该扰民。"

没人理他。

苗我白又说了一遍，车上的人还是不理他。

苗我白仔细往车窗里看，此刻，正好汽车另一侧的楼房一层的一扇窗户的灯亮了，苗我白透过灯光看到那辆汽车的前排座位上根本没有人！

苗我白打开手电筒往车里照，前后排座位都没有人！而车门确实开了一条缝儿。苗我白蹲下身子往车底下照，也没有人。

汽车里没有人，车门怎么开的？苗我白呆站在汽车旁边发愣。

只有他能听到的防盗器报警声、没有商标没有牌照的汽车、自己开启的车门……这一切令苗我白胆怯了，他掉头往回走。

苗我白走出不到三步，他身后的汽车防盗器骤然报警，那声音十分凄厉，像哭声。响彻夜空。

苗我白站住了，他缓慢地回过身子，看四周楼群的窗户。没有一个窗户因这深夜的警报声而有所反应。苗我白再看不远处的两名保安,他们依然在低声聊天。

苗我白呆若木鸡:确实只有他能听见这辆汽车的防盗器报警声!

苗我白尝试着朝汽车迈出一步,警报声停止了。苗我白再尝试转身往回走,报警声又响了。苗我白回身走到汽车旁边,报警声终止。

"这辆汽车是冲着我来的。"苗我白不能不得出这个结论,他站在距离汽车两步远的地方思索。

有人在附近遥控汽车?为什么只有我能听见报警声?苗我白想不通。他小心翼翼地围着汽车转了一圈,当他走到车头前利用手电的光线观察车头时,他隐约有似曾相识的感觉。

苗我白仔细端详车头,他产生了一个奇怪的念头,这辆汽车的车头不像是他见过的某辆汽车的车头,而像是他见过的某张人脸。

苗我白再次来到汽车驾驶员一侧的车门旁,当他举起手电准备往车里照时,车门自己开启后撞到他的身上,苗我白本能地向后躲。车门停止在开启的位置上,苗我白打开手电往车里照,没有人。

苗我白看四周,杳无人影。他听四周,鸦雀无声。

苗我白不知道自己该怎么办,他站在原地迟疑。苗我白清楚,只要他转身走,汽车就报警,而且只有他一个人能听见!他不知道这辆汽车或者它背后的遥控者想对他干什么。

突然,苗我白嗅到从车里传出的一股味儿,他顿时全身颤抖,那是一股他非常熟悉又久违了的气息:崔文然身上独有的气味。

苗我白的身体不由自主地向汽车靠近,就像过去他拥抱崔文然那样。当苗我白坐在驾驶员的位置上后,车门砰的一声自己关上了,紧接着四个车门锁全部锁死。苗我白使劲儿开车门,固若金汤。

"你是谁？你要干什么？"苗我白在车里一边喊叫一边用手电筒砸车窗玻璃。

手电筒碎了，车窗玻璃完好无损。

汽车里弥漫着崔文然身上的气味，苗我白突然醒悟了，他断定这辆车的主人就是杀害崔文然的凶手，否则车里怎么会有崔文然的气味？杀了崔文然又来杀崔文然的丈夫，苗我白意识到两年前妻子遇害不是图财害命，而是仇杀。

想明白了，苗我白反而镇静了，他冷笑道："我等了你两年，警察找不到你，没想到你自己送上门来了。你杀了我的妻子，现在又来杀我，也好，我早就想去见崔文然了，谢谢你成全我。反正我也要死了，你能不能让我死个明白，我和崔文然什么地方得罪你了，告诉我！"

没有回声。

苗我白怒不可遏："懦夫！你是胆小鬼！真正强大的人是以德报怨，懦夫才复仇。何况我们什么地方得罪你了？！你出来！使用遥控汽车这种小伎俩设套害我，有种你出来！"

对方继续沉默，苗我白不停地骂，直到骂累了。

苗我白出不去，他只能坐在驾驶员的位置上。苗我白停止声讨后，他疲惫地靠在座椅上，他忽然发现很舒适，一种熟悉的舒适，苗我白心头蓦然一震，过去，只有在崔文然的怀抱里，他才有这种舒适感。

苗我白环顾四周，他触摸方向盘，奇怪的感觉又出现了，方向盘酷似崔文然的皮肤。苗我白再摸车厢里的内饰，他清楚地体会到自己分明是在摸崔文然。

"文然，是你？"苗我白脱口而出。

话一出口，苗我白觉得好笑，谁是崔文然？难道是这辆汽车？

崔文然已经死了，两年前，苗我白亲眼看着妻子的尸体进了焚尸炉。

汽车震动了一下，苗我白看汽车外边，没有人。是地震？苗我白看四周楼房的窗口，没有一个窗口亮灯。如果是地震，窗口肯定争先恐后地开灯。

苗我白轻声说："文然？"

汽车再次震动。

苗我白像得了炭疽热病般全身发烫，大脑皮层骤然生出万千疱疹，令他无法正常思维。苗我白虽然难以置信，但他宁愿相信这辆汽车是崔文然，即便这是在梦中，苗我白也希望尽可能延长和崔文然以任何形式相聚的时间。

"文然，你能和我说话吗？我真的太想你了！"苗我白泪如雨下。

汽车震动。

苗我白看见车载收音机的开关按钮发出持续的亮光，他按下收音机的开关。

"我白，我是文然，咱们终于又见面了！"收音机的喇叭传出崔文然的声音。

"文然，是你！这怎么可能！"苗我白激动。

"我白，你准以为是在做梦，这不是梦，是现实。"崔文然说，"你不要打断我的话，听我告诉你。死后我才知道，灵魂确实是存在的，否则人类想象不出灵魂这个词汇。然而，灵魂和活人是两个世界，无法沟通。只有极个别的灵魂能以某种形态跨越界限。我不知道我是怎么以汽车的形态重返人间的，也许我太恨那个杀害我的坏蛋了，不抓住他，我死不瞑目。我清楚地记得他的相貌，只要碰见他，我一眼就能认出他。我开始找他，我要除掉这个坏蛋。我在街上只转了一个小时，就被交通警发现了，他们驾车追我，我只能消失。恢复鬼车的形态后，无法寻找那个杀我的人。"

苗我白问："交通警认出你是鬼车？"

崔文然说："他们看见一辆无人驾驶的汽车在路上行驶，能不管？"

苗我白说："肯定管。"

"我需要你的帮助。"崔文然说，"你坐在驾驶员的位置上，就不会有警察管我了。咱们去找杀我的坏蛋。"

"太好了！文然，咱们一定会找到他的！给你报仇！也为民除害。"

"谢谢你！"崔文然啜泣。

"一家人怎么说两家话？"

"你已经结婚了。"

"我对不起你。我不知道咱们还能见面。"

"别这么说，我希望你重新开始生活。"

"谢谢你理解我。其实，每次我都想着你……"

"谢谢你。我知道你是真爱我。如果没有那个坏蛋杀我，咱们的日子过得多好……"

"你受罪了，他怎么杀的你？"

"狠毒至极……算了，不说了，你知道了细节会心碎的……"

苗我白咬牙切齿："等咱们找到他，我会千刀万剐他。就一个人？不是团伙？"

"就一个人。不到三十岁。"

"负责这个案子的警察姓杜，他说可能是团伙作案。两年了，杜警探也没能破案。"

"单独作案不容易被抓住，这人很狡猾。"

"天一亮，我就和你上街转，找那坏蛋。"

"你不上班了？"

"请假。"

"还是王若林当董事长？"

"是。"

"你一天两天不上班行，老不上班，王总会炒你吧？"

"你估计多长时间能找到那坏蛋？"

"这就不好说了，也许今天就能碰上，也许几年也碰不上。咱们不知道他叫什么名字。"

"我一直跟你找到他为止。炒鱿鱼就炒鱿鱼吧。咱们还有一些存款，够我用几年的。"苗我白说，"如果不是亲身经历，任凭别人怎么跟我说，我也不会相信鬼魂能变成一辆汽车。我这不是做梦吧？"

"不是。听别的鬼魂说，它们都没听说过能变成汽车的鬼魂的，有变成麻雀什么的，还有变成植物的。"

"你随时能消失？"

"是的。咱们定好规矩，今后，只要你说'文然，走'我就消失。你说'文然，来'我就以汽车的形态出现在你身边。记住了？当然，我自己也会见机行事。"

"记住了。"苗我白说，"你消失后看不见人？"

"看不见，只能凭感觉接近最亲近的人。"

"我和你交谈就打开收音机？"

"对。"崔文然说，"你该回去了，她醒了该着急了。"

苗我白吻方向盘，他感觉到崔文然也在吻他。

苗我白打开车门，他对崔文然说："我先回家了。等她上班后，我就叫你。对了，她叫鲍蕊，是嫂子的妹妹。"

崔文然轻轻叹了口气。

苗我白也叹了口气。

苗我白关闭收音机，他下车后关上车门，他正准备说"文然，走"，身后传来的问话吓了苗我白一跳："这是您的车？"

苗我白回头，两名保安站在他身后。

"是的。"苗我白只能这么说。

"临时停放？"一名保安问。

"是的。"苗我白说，"收费？"

"早晨开走时再交费吧。"那保安说。

"新买的车？"另一名保安发现汽车没有牌照。

"是的。"苗我白只能这么说。

"什么牌子的汽车？进口车？"保安看汽车，他感觉陌生。

"进口车。"苗我白说。

"您刚回来？我们怎么没看见您的车过来？"一名保安纳闷儿。

两名保安刚才站的位置是汽车开到此处的必经之路。

苗我白说："我来拿忘在车上的东西。"

保安看苗我白手上。苗我白手里拿着坏了的手电。

苗我白清楚自己不能再继续接受保安的询问了，漏洞会越来越多。苗我白往单元门口走。

走进单元门洞后，苗我白回头看保安走了没有，如果保安走了，苗我白就让崔文然消失。苗我白看到两名保安正在研究鬼车，看样子兴趣盎然。苗我白清楚鬼车不能当着保安的面消失，他也清楚如果保安就这么一直将鬼车研究下去，他们会感到疑点越来越多。

苗我白决定调虎离山。他蹲下，沿着楼墙用接近匍匐的姿态行走到距离鬼车大约二十米远的一辆汽车旁，苗我白小施伎俩，就让那辆关闭了报警器的汽车叫起来。

两名保安果然朝这边走来。苗我白潜回鬼车附近，崔文然已经不见了。

苗我白回到家门口掏钥匙,鲍蕊给他开门。

"这回我听见汽车防盗器响了。"鲍蕊说,"真不像话,天亮了我去找物业!"

苗我白没说话。

鲍蕊察觉苗我白表情不对,她本以为苗我白会为她给他的听觉平反高兴,而苗我白却无动于衷。

"你怎么了?找到那辆叫唤的汽车了?跟车主吵架了?"鲍蕊问苗我白。

苗我白支吾:"没找到……"

"我从窗户里都看到那辆报警的汽车了,还有保安在汽车旁边,你怎么没找到?"鲍蕊看丈夫,"气糊涂了?"

"气糊涂了。"苗我白顺着说。

"睡不着了吧?"

"睡不着了。你去睡吧。我坐一会儿。"苗我白说。

鲍蕊一边往卧室走一边说:"我一定要去找物业公司交涉。这是严重扰民。"

苗我白拿出家庭影集,一边看崔文然一边整理自己的思绪。苗我白从小喜欢看《聊斋志异》,但他知道世界上根本没有鬼魂,《聊斋志异》是虚构的文学作品。刚才他亲眼看见了变成汽车的崔文然,也听见了崔文然的声音,这一切的确不可思议。崔文然发誓要找到杀害她的坏蛋,这使得苗我白对于"善有善报,恶有恶报"这句话有了新的理解。

"世界原来是这样。"苗我白低声对自己说,"没被人类认识的事物肯定还有不少。"

苗我白想起了那个杀害崔文然的凶手,他咬牙切齿地说:"只要你还在地球上，我们就一定会找到你！"

"找到谁？"鲍蕊在门口说。

"你没去睡觉？"苗我白问。

"不知怎么搞的，我今天醒了也睡不着了。"鲍蕊坐到苗我白身边，她看崔文然的照片。

苗我白合上影集。

"想她了？"鲍蕊攥住苗我白一只手，"找她？"

苗我白不置可否，他把影集放进抽屉。

鲍蕊说："人死了就什么都没有了。活着的人难受。"

苗我白脱口而出："不一定。"

"怎么不一定？难道人死了还有阴魂？"鲍蕊笑。

"你应该再睡会儿。"苗我白看表，"才三点，你今天还要上班。"

"你今天也上班呀。"鲍蕊说。

"我想自己待会儿。"苗我白说。

鲍蕊说："我白，崔文然遇害都两年了，你还安不下心来，你是一个心重的人。崔文然九泉之下有知，应该知足了。"

"抓不到凶手，我怎么能安心？"

"警察也够笨的，两年都破不了案。我们医院有位医生的弟弟被杀了，都四年了还没破案。"

吃完早饭，鲍蕊一边化妆一边问苗我白："你和我一起走？"

往常如果苗我白和鲍蕊都上班，他俩一般是一起离开家。

"你先走吧，我待会儿走。"苗我白说。他清楚自己不能当着鲍蕊的面凭空弄出一辆汽车。

"你再不走就迟到了。"鲍蕊提醒苗我白。

"我马上走。"苗我白说。

鲍蕊出门时看苗我白的眼光比较奇怪，她觉得丈夫有点儿反常。

苗我白站在窗户前看到鲍蕊走远了,他拿起电话,准备向王若林请假。拨了几个号码后,苗我白又把电话挂上了,他觉得还是当面向王若林请假比较合适,王若林对他不错,苗我白知道找杀害崔文然的凶手不是一天两天的事,而冠军公司维修部离了他苗我白,很可能难以正常运转。

苗我白离开家下楼,当他想到马上就能见到崔文然时,很是兴奋。

在小区门口,一名保安问苗我白:"先生,您的汽车开走了?"

苗我白一愣,他认出是夜间的两名保安之一。

"开走了。"苗我白只得这么说。

"您没交停车费。"保安说,"夜间临时停放每天五元。"

苗我白拿出钱包,交钱。保安给苗我白一张收据。

苗我白走出去几步后,身后的保安问他:"先生,我还是忍不住想问您。"

苗我白站住回头看那保安。

保安说:"晚上我们正看您的汽车时,另一辆汽车的报警器响了。等我们处理完回来时,您的汽车已经开走了。但您没有经过我们,也就是说,我们没看见您开走车。而您没有别的路能出去。我们去问大门的保安,他们说大门一直关着,在一个小时之内根本没有汽车开出去。您是从哪儿出去的?"

苗我白只能说:"我当然是从大门出去的。我还能开着汽车飞出去?"

保安摸后脑勺,说:"太奇怪了,要是我一个人,还可能看错。我们是两个人呀。"

苗我白耸耸肩,走了。

保安的疑心给苗我白提了个醒，鬼车的显身和消失必须合乎情理，否则会引起麻烦。

　　苗我白看着路上的车水马龙和行人，他这才意识到自己不能随心所欲什么时候想让崔文然出来就让她出来。

　　苗我白拐进一条僻静的小路，他看看四周没人注意这边，他低声说："文然，来。"

　　鬼车出现在苗我白身边。苗我白拉开车门上车。苗我白上车后的第一件事就是吻方向盘。

　　"文然，我想你。"苗我白说。

　　崔文然不说话。

　　苗我白这才想起没开收音机。他按收音机的按钮。

　　"我白，我也想你。"崔文然说。

第六章

苗我白对崔文然说:"咱们上路吧?"

崔文然说:"开始追捕凶手。"

"你先陪我去趟公司,我应该当面向王总请假。"

"那是。"崔文然知道苗我白和王若林关系不错。

"你还认识去我们公司的路吗?"

"当然认识。"

"你行驶时,一点儿不用我驾驶?"

"不用。你只需坐在驾驶员的座位上做做样子不让交通警察起疑就行了。"

"不可思议。不可思议。"苗我白连连说,"如果不是亲身经历,打死我我也不会相信。"

"活人总是认为自己对世界的了解已经达到极限了,其实,世界上人类不了解的事物还有很多。"崔文然说,"我起步了?你坐好。"

"和普通汽车没什么不同吧?"苗我白一边系安全带一边问。

"肯定比普通汽车平稳、舒服。"崔文然说。

"车速很快吧?"

"最高车速每小时可达三百公里。当然是可快可慢。我行驶了?"

"走。"苗我白兴奋地说。

鬼车起步平稳，苗我白嘴里发出啧啧的赞叹声。

"还行？"崔文然问。

"太行了。"苗我白左顾右盼地说，"极品汽车。"

"你的手应该放在方向盘上。"崔文然提醒苗我白。

"那是那是。"苗我白将闲置的两只手握住方向盘，以迷惑车外的人。

前边汽车尾部的刹车灯亮了，苗我白本能地踩制动。

"你不用真的操作。"崔文然笑。

"我忘了。"苗我白收回脚。

"前边那条路改为单行线了？"崔文然问。

"上个星期刚改的，咱们得绕行。现在单行线太多。"

"其实，每个人的人生道路都是一去不复返的单行线。"崔文然说。

苗我白惊讶："文然，你的话挺有哲理呀！"

"鬼魂都是哲学家。一死，就什么都明白了。"

"人生道路确实是单行线，而且是布满陷阱的单行线。"苗我白感慨。

"人生道路也布满机会。"崔文然说，"只不过有的机会看起来像陷阱，有的陷阱看起来像机会。正确识别机会和陷阱，是人生制胜的秘诀。"

"士别三日，刮目相看。"苗我白说。

"如果不是那个凶手，咱们还在一起生活。我一定要找到他。"崔文然咬牙切齿。

"一定找到。"苗我白同样咬牙切齿，"不管他跑到哪儿，都要找到他。"

一名交通警伸手示意苗我白靠边停车。

"怎么办？"苗我白问崔文然。

"我靠边停车，你下车问他怎么了。我会见机行事。"崔文然说。

鬼车停在路边。苗我白下车。交通警过来向苗我白敬礼。

苗我白不知所措地看着面前这个挺瘦的交通警。

交通警问苗我白："你的汽车牌照呢？"

苗我白这才想起鬼车没有牌照，他一时不知如何说好。

交通警伸手："驾驶执照。"

苗我白发蒙："什么驾驶执照？"

"无照驾车？"交通警的表情像是刑警抓获了通缉多年的在逃犯，"懂法律吗？无照驾车是要被拘留的。"

正当苗我白不知所措时，他发现鬼车已经不见了。崔文然在为苗我白解围。

苗我白镇静了，他看出交通警还没发现无照驾车的主体"车"已经不在了。

苗我白问交通警："您说什么？无照驾车？"

交通警的鼻子使劲儿闻："你大早晨就喝酒？酒后无照驾车？"

苗我白说："我没喝酒，我也没有驾驶执照。"

"你被拘留了。"交通警拿出步话机召唤同事。

"没有驾驶执照就得拘留？"苗我白问，"这大街上多少人没有驾驶执照？"

"你是无照驾车！"交通警瞪苗我白。

"车在哪儿？"苗我白问。

"你有病……"交通警说了一半不说了，他看见身边的汽车不见了。

一辆警车停在苗我白和交通警身边，一个拎着手铐的胖警察下车指着苗我白问同事:"是他无照驾车?"

瘦警察顾不上理会胖警察,他怒不可遏地质问苗我白:"你的同伙偷偷把车开走了?"

苗我白说:"这可能吗?汽车就停在您的身边,我连车门都没关。您也看到车里根本没人。就算有人,他发动汽车您能听不见?您是交通警呀。再说了,前边有汽车挡着,它从哪儿开走?"

瘦警察发呆。

"怎么回事?"胖警察问同事。

瘦警察说:"他的车没牌照,我拦下他。发现他连驾驶执照也没有,我立刻叫你来拘留他。没想到一转眼,他的车被他的同伙开跑了。"

胖警察立刻警惕地看苗我白,他小声对同事说:"会不会是盗车团伙?"

瘦警察若有所思地点头。

胖警察和同事耳语:"我通知刑警?"

瘦警察点头。

胖警察小声提醒同事:"你看住他,我通知刑警。"

胖警察拿着对讲机到一边通知110。

苗我白对瘦警察说:"我可以走了吧?"

"走?"瘦警察瞪苗我白,"无照驾驶没有牌照的汽车,在警方纠正违章时,同伙驾车逃逸,这罪过小得了吗?走?你是从外星来的?"

苗我白说:"您心里清楚,如果在这儿停着辆车,它开走了,您不可能不知道。我还要上班。我得走了。"

苗我白转身就走。瘦警察一边抓住苗我白的胳膊一边招呼胖警察。

苗我白用力试图挣脱瘦警察的束缚。胖警察过来抓住苗我白的另一只胳膊。

"你们干什么？！"苗我白抗议。

一辆车身上漆着110的警车疾驶而来，停在苗我白身旁。车门打开，跳下两名刑警。

"是他？"其中一名高个儿刑警问胖警察。

"是。"胖警察点头。

高个儿刑警很专业地给苗我白戴上了手铐，其速度之快，令苗我白瞠目结舌。

"你们干什么？我是守法公民！纳税人！"苗我白举起被铐在一起的双手喊叫，"你们凭什么铐我？"

高个儿刑警守在苗我白身边，另一名个子较矮的刑警向交通警询问情况。

矮个儿刑警了解完情况，过来搜苗我白身上。

苗我白急了："你们抓不住坏人，只会抓好人！"

高个儿刑警斥责苗我白："你怎么知道我们抓不住坏人？"

苗我白说："前年我老婆被坏人杀了，两年了，你们都破不了案！"

两名刑警见围观的人越来越多，高个儿刑警对苗我白说："有话上车说！"

苗我白坚决不上警车，他喊道："我是一家汽车贸易公司的高级技师，你们可以打电话证实呀！你们说我无照驾车，车在哪儿？没有车，何来无照驾车？"

高个儿刑警往警车上推苗我白，苗我白抗拒。双方僵持。矮个儿刑警过来协助同事。苗我白大喊："放开我！"

这时，一辆警车停在苗我白身边，杜岩水从警车上下来。几年破不了系列抢劫杀害出租车司机案，杜岩水压力很大，上边已经明确告诉他，如果三个月内侦破案情依然没有进展，他将被革职。三年来，本市疑被同一凶手杀害的出租车司机已达十一人。最近，凡是警方在本市发现的和汽车有关的犯罪嫌疑人，杜岩水都要到现场查看。

杜岩水看见苗我白一愣："怎么是你？"

苗我白看见是杜岩水，像是找到了能证明他是守法公民的证人，苗我白对杜岩水说："杜警探，他们无缘无故抓我，我需要你的帮助。"

杜岩水问高个儿刑警是怎么回事，高个儿刑警指指瘦交警。

瘦交警告诉杜岩水："他刚才驾驶一辆没有牌照的汽车，我拦住他，向他要驾驶执照，他下车说没有。趁我不注意，他的同伙将汽车开跑了。"

杜岩水没说话，他看苗我白，等苗我白解释。

苗我白说："我步行经过这里，他向我要驾驶执照。我说没有。他说我的同伙偷偷把汽车开走了，他叫来刑警给我戴手铐。如果真的有汽车，就停在他身边，开走了他能不制止？"

杜岩水问瘦交警："汽车当时停在哪儿？"

瘦交警指自己身边。

"你站在哪儿？"杜岩水又问。

瘦交警说就站在这儿。

苗我白对杜岩水说："如果真像他说的那样有一辆车停在这儿，前边有车挡着，它能从哪儿开走？再说了，它发动的声音他能听不见？"

杜岩水问瘦交警："汽车开走的时候，你没发现？"

瘦交警摇头。

"你是什么时候发现车没了？"杜岩水问。

"我对他说，你无照驾车。他说他没车。我这才发现车没了。"瘦交警说。

"什么车？"杜岩水又问。

瘦交警说不出来。

苗我白说："身为交通警，怎么可能说不出汽车的厂牌型号？"

胖交警训斥苗我白："你住嘴！"

苗我白不示弱："我没有为自己申辩的权利？"

杜岩水示意胖交警别再说话，他将瘦交警拉到一边，用苗我白听不见的声音问瘦交警："他刚才真的开了一辆没有牌照的汽车？"

瘦交警说："千真万确。"

"你为什么说不出汽车的厂牌型号？"杜岩水问。

瘦交警回忆，说："我确实没见过这种汽车，会不会是攒的？"

杜岩水猛然想起了苗我白的职业，他心里一动。

杜岩水再问瘦交警："那辆汽车当时就停在你身边？距离是多少？"

瘦交警迟疑了一下，说："一米左右。"

"这么近，它开走了，你怎么可能毫无察觉？"

"这也是我想不通的地方。"瘦交警茫然地说，"而且，他说得没错，他的汽车前边确实挡着另一辆汽车，从理论上说，他的汽车确实无路可走。拦他的时候，我注意看了，他的汽车里没别人。"

杜岩水嘀咕："你确实是因为他驾驶的汽车没有牌照拦住他；你们没见过这种汽车；车里没有第二个人；他下车后未能向你出示驾驶执照；停在你身边不到一米远的汽车突然不见了；然后他否认自己开车……"

"你认识他？"瘦交警问杜岩水，"他和盗车没关系？"

"他妻子是出租车司机，两年前被杀了，案子还没破。"杜岩水说。

"难怪他刚才说咱们警察抓不住坏人，只会抓好人。"瘦交警说。

杜岩水脸上略显尴尬。

"拘他吗？"瘦交警问。

"我再问问他。"杜岩水朝苗我白走过去。

苗我白举起被铐的双手，问杜岩水："杜警探，不放我？"

杜岩水对看着苗我白的高个儿刑警说："给他打开手铐。"

高个儿刑警掏出钥匙给苗我白开手铐，苗我白揉手腕。

杜岩水问苗我白："你今天不上班？"

"我正要去上班。"苗我白说。

"如果我没记错，咱们现在所处的位置位于你家和你的公司之间。"杜岩水说。

"差不多。"苗我白看看四周，说。

"你步行上班？"

苗我白发觉自己的话出了破绽，他转向："我坐了一段出租车，遇到堵车，为了省钱，我下来走。"

"走到这里时，交通警察拦住步行的你，让你出示驾驶执照。你说没有驾驶执照，然后警察无中生有地咬定你的同伙开走了根本不存在的汽车？"

苗我白怜悯地看了一眼瘦交警，说："是的。"

杜岩水看出苗我白是在撒谎，但他无法解释面临的这场蹊跷纠纷，他思索。

"我能走了吗？"苗我白问杜岩水。

杜岩水只能点头。

苗我白走出两步站住了，他回头问杜岩水："我老婆的案子还没进展？"

杜岩水摇头。

苗我白叹了一口很响的气，朝冠军公司方向走去。

杜岩水一直盯着苗我白的背影，直到看不见为止。

"太奇怪了。"瘦交警说。

杜岩水冷笑："如果他是罪犯，他跑不了。"

苗我白转过一个街口，他回头看没人跟着他，他说："文然，来。"鬼车出现在苗我白身边。

苗我白上车，鬼车朝冠军公司驶去。

苗我白打开收音机。

崔文然说："我疏忽了，咱们的车得挂上牌照，要不老会被查。此外，你还得去考个驾驶执照。"

"挂上牌照对你来说不是很容易吗？"

"那是。但是挂什么号码的牌照？万一我随便杜撰了一个号码正好是警方查找的失窃车辆，岂不是自找麻烦？"崔文然有经验。

"这倒是。"苗我白拍头，"我有办法了，你还记得我妹夫吗？就是苗我红的丈夫金连庆，他在车管所工作。我向他要一个安全的车牌号码的信息，又不是要真的牌照，应该没问题吧？"

"我当然记得金连庆。"崔文然说，"你给他打个电话，问他什么牌照号码交通警不敢拦，咱们就挂那个牌照。"

苗我白拿出手机给妹夫打电话。

崔文然提醒苗我白："开车打手机也是违章，别让交通警看见。"

苗我白观察前方没有交通警，他和妹夫通电话。

"连庆？我是苗我白。"苗我白听出了接电话的正是妹夫金连庆。

"我是连庆，哥，你好。"金连庆说。

"有个事我向你咨询一下。"

"您说。"

"你熟悉机动车牌照方面的事吧？"

"当然。"

"哪种牌照……"苗我白一时不知怎么说好。

"哥又买车了？"

"没有，我只是随便问问……对了，是受人之托。"苗我白说，"有没有这样的牌号，交通警见了一般不会拦车……"

金连庆笑了："当然有，比如我们局长的车。您问这干什么？"

"朋友打赌。"苗我白瞎编，"你们局长的汽车牌照交通警都知道？"

"那当然，如果不知道，值勤时当着局长的车抽烟，不得下岗？"

"局长的汽车牌照号码是多少？"

"86531。"

"怎么不是警用牌照？"

"我们局长的车从来不挂警用牌照。"

"86531。"苗我白一边重复一边将号码输进手机。

"没错。您打赌赢了？"

"是朋友打赌，我见证。"苗我白说，"就这样，再见。"

"再见。"

苗我白挂断电话。

"86531？"崔文然问苗我白。

"是的。金连庆说，这个牌照一般不会被交警拦下。"苗我白说。

"我已经挂上了。"崔文然说。

"这么快！"

"不信你下车看看。"崔文然说完靠边停车。

苗我白下车验证，车头车尾各有一块86531的牌照。

苗我白上车，他说："现在交通警不敢拦咱们了。"

崔文然说："你应该上驾校考个驾驶执照。"

"交通警不敢拦咱们的车，考驾照干什么？"苗我白说。

"本地的交通警认这个牌照，外地的交通警就不认了。杀我的凶手没准在外地。"

"我应该考驾照。今天下午就去报名。"苗我白说，"时间不长吧？"

"有计时班。也就是一个多月。"

"这么长时间？"

"你一边上驾校，咱们一边在本市找凶手。"

"行。"苗我白说。

"你一会儿准备向王总请多长时间假？"

"先请一个月假。一个月后如果找不到那坏蛋，再继续请假，直到找到他为止。"

"我估计你的这份工作可能悬了。"

"王总那人比较仗义。如果咱们能在三个月内找到凶手，王总还不至于炒我的鱿鱼。"

"你在公司不是一般的员工，王总离了你，他的公司日子不会好过。"

"王总待我不薄，"苗我白叹了口气，"不到万不得已，我是不会给他撂挑子的。但愿咱们尽快找到杀害你的凶手。"

"你用什么理由向他请假？总不能说实话吧？"

苗我白沉默了片刻，说："我很为难，我真的不想向王总撒谎，而且他是那种有判断力的人。但我这次又不可能对他说实话，我能对他说崔文然的鬼魂变成一辆汽车和我联手去找凶手？他会信？我想了，我就以上驾校为由请假吧。我估计他肯定不信。"

崔文然说："我记得你过去对我说过，王总是'精打细算，挥金如土'的人。"

"没错。他花五百元以下的钱时，精打细算。花一万元以上时，王总反而连眼睛都不眨巴。到花十万元二十万元时，他连想都不想了。"

"但愿王总的这个财务习惯延伸到其他领域，他对你请一天假斤斤计较，当你请一个月假时，他反而连眼睛都不眨巴了。"

苗我白苦笑。

鬼车离冠军公司已经不远了。

苗我白说："文然，不知怎么搞的，我一坐进来，就感觉浑身舒服。"

"傻瓜，你现在是在我的身体里，感觉当然会好。"

苗我白恍然大悟。

苗我白遗憾地说："咱们如果有个孩子就好了，你走了后，我看见孩子，就看见了你。"

"如果咱们有孩子，你会对他很好？"

"当然，孩子是我和你的混合体。"

"怎么个好法？"

"让孩子富有。"苗我白说，"人的经历是财富。根据物以稀为贵的原则，独特的经历是大财富。"

"你怎么让咱们的孩子拥有独特的经历？"崔文然感兴趣地问。

"如今的孩子的经历都如出一辙：上学、考试、升学。如果咱们不让孩子到学校受教育，咱们在家自己教育孩子，咱们的孩子就由此获得了与绝大多数孩子不一样的独特的经历和人生体验。独辟蹊径是成功的捷径。"

"如果按你的方式使咱们的孩子获得了独特的经历，就算他什么都干不了，只能当作家，他写的作品也绝对独特，别的同时代作家谁体验过不去学校上学在家受教育的经历？拥有别人没有的经历的确是人生的大财富。"

"真正爱护孩子的父母，应该把让自己的孩子获得和别人的孩子不一样的经历当成是对孩子最大的爱，而不是处处仿效别人。从众心理是阻挡人生成功的大障碍。"

崔文然叹了口气："你这样的人没当父亲，太遗憾了。"

苗我白说："到公司了，我去请假。"

崔文然停在一个人较少的地段，苗我白下车。他在车边站立片刻，向四周看，苗我白确定没人注意鬼车后，他吩咐崔文然隐退。

苗我白到公司后径直去王若林的办公室。

苗我白敲门，办公室里传出王若林的声音："请进。"

苗我白推开门，看见徐超在和王若林说话。

苗我白说："你们先说，我待会儿再来？"

王若林见是苗我白，说："你刚来？家里有事？有几辆车等着你看看。"

"我……是来向王总请假的……"苗我白看了徐超一眼，说。

"请假？今天你不能上班了？"王若林显得焦急，"有位重要的客户急等修车，车已经放在车间了，我答应他明天修好。"

苗我白不知怎么说好。

王若林对徐超说："你待会儿再来，我先和苗技师谈谈。"

徐超站起来，他经过苗我白时，苗我白明确感受到徐超在心里瞪了他一眼。

苗我白坐在徐超刚才坐的椅子上，徐超的余温让苗我白感到不舒服。

"家里出什么事了?"王若林问。

"没什么事……"苗我白说,"王总,我想先向你请一个月假……"

"一个月!"王若林屁股下边的皮椅变成了战斗机的弹射座椅,将王若林弹射到空中。

王若林落地后睁大了眼睛看着苗我白,说:"一个月不算,还'先'请一个月。我白,你去干什么?"

"考驾驶执照……"苗我白只能这么说。

"考驾驶执照?你?"王若林摇头,"前年我组织公司员工去上驾校你都不去。最近又买车了?"

"没有。"

"那你发什么神经?再说了,如今哪所驾校没有计时班?谁会拿出整整一个月脱产上驾校学开车?"

"王总,你就同意吧……"苗我白说。

"你想学车,我给你安排驾校,上计时班,隔几天公司派车送你去练一次车,费用也由公司出。"王若林说。

苗我白没辙了,他只能说:"王总,很抱歉,我必须得请一个月假……"

王若林注视苗我白:"你没对我说实话。如果我没判断错,你不是去学车。有人挖你跳槽?你开价吧,你想要多少年薪?"

"王总你误会了,你对我这么好,我绝对不会跳槽。我确实有事……"苗我白满脸的欲言又止。

"什么事还对我保密?没准我能帮你。"王若林的眼中透着真诚,"我算是你的朋友吧?"

苗我白犹豫。

王若林站起来,他走到窗边的一台汽车模型前,看着模型说:

"我白，你心里清楚，你请一个月假对咱们公司意味着什么。"

苗我白也站起来，他咬了咬牙，说："王总，我确实是要去学车拿驾照，但我承认，这不是我请假的真实原因。请你原谅我不能告诉你真实原因。我可以向你透露一点，崔文然遇害这么长时间了，仍然没有破案，既然警方没办法，我要尝试找到凶手，为崔文然报仇。"

王若林惊讶："警方都破不了案，你单枪匹马能找到凶手？再说崔文然遇害都这么长时间了，你也结婚了，怎么还放不下这件事？我平时也没见你老提这事呀？"

苗我白看出王若林还是不相信他的理由。

"王总，这就是我请假的原因。我对天发誓。"苗我白说。

王若林说："你没见过凶手，怎么找他？你连凶手是男是女都不知道，你到哪儿去找？"

苗我白脱口而出："凶手是男的。"

"你怎么知道？"王若林吃惊，"有线索了？你应该报警呀！"

苗我白自知失言，他忙改口："我推测的……当然也可能是女的……"

王若林用看陌生人的目光看苗我白。苗我白将自己的目光移开，看地。

王若林说："既然你要找凶手，干吗不抓紧找，却要先学开车？而你没有汽车。"

苗我白无法自圆其说，他只能轻轻叹气。

"如果你需要汽车，公司可以借给你。"王若林说。

苗我白摇头。

"我白，那你学车干什么用？"王若林眉头紧皱。

苗我白说："王总，事后我会告诉你。就算我现在对你说实情，你也不会相信，弄不好你还会把我送到精神病医院去。我只能说一句话，王总，虽然咱们都是搞汽车的，但咱们对汽车的了解还很狭窄……"

"这话什么意思？"王若林警觉，"你得到了有关汽车行情的负面信息？"

王若林最怕汽车市场遭遇"熊市"。

苗我白苦笑："王总高看我了，即便有车市负面信息，我怎么可能先于你知道？"

王若林松了口气。

苗我白站起来，说："王总如果没有别的事，我走了？"

王若林说："你等等。"

苗我白坐下。

王若林拿起办公桌上的电话，他熟练地按了几个键："小李，你拿两万元现金来我的办公室。对，现在。"

苗我白清楚小李是公司财务部的出纳。

"王总，你干吗？"苗我白问。

"我给你两万元破案经费。"王若林说。

"王总，这钱我不能要。请假还应该扣工资。"苗我白说。

"那就算是预支你的工资吧。"王若林从小李手中接过钱，递给苗我白。

苗我白感激地说："谢谢王总。"

王若林说："希望你能尽快回来上班。公司需要你。注意安全。需要我帮忙时，来电话。你知道我的手机号码，随时能找到我。"

苗我白告辞。

第七章

　　杜岩水出身于警察世家，其祖父和父亲都是警察。杜岩水和父亲都是遗腹子。一家连续出现两代遗腹子的现象比较罕见，这和杜岩水的警察世家有关系。杜岩水的祖父死于歹徒拒捕，其时杜岩水的父亲在母腹中只有五个月大。杜岩水的父亲在一次和歹徒的枪战中殉职时，杜岩水在母腹中的年龄只有三个月。杜岩水出生时，母亲是用父亲的警服给他当褓褓的。母亲像婆婆那样一直守寡，也像婆婆那样咬牙切齿地将儿子培养成为一名警察。最令杜岩水荡气回肠的是，他在从警两年时，就抓获了杀害其父后逍遥法外长达二十三年的歹徒，当预审处的警察打电话告诉杜岩水他前天抓获的犯罪嫌疑人竟然是二十三年前杀害他父亲的凶手时，杜岩水立即带着母亲去拘留所看那凶手，母亲的冷笑声竟然吓得那坏蛋大小便失禁，同一拘留所有七名犯罪嫌疑人听了杜岩水母亲令人毛骨悚然的笑声后强烈要求马上交代犯罪事实。如今，从警十年的杜岩水已经成为小有名气的警探，被同事誉为天生的警察。三十多岁的杜岩水依然单身，和母亲住在一起。杜岩水十八岁时发誓，不抓获一千名罪犯不结婚。他的这个誓言全警局都知道。杜岩水父亲的老搭档、如今的市局局长曾为此事劝说过杜岩水并给他介绍女友，被杜岩水严词回绝。在杜岩水抓获了第九百九十九名罪犯时，同事们包括市局局长都向他表示祝贺，大家期待参加杜岩水的婚礼。令所有同事包括杜岩水始料未及的是,这第一千个罪犯竟然困扰了杜岩水三年。其间上司多次对杜岩水表示可以照顾他换案子,无奈杜岩水不干,他认为如果换案子就意味着自己永远也抓不住第一千名罪犯了,尽管此后他可能抓获一万名罪犯。自第一名出租车司机被杀害以来,本市已经有十一名出租车司机遇害,经勘察现场,杜岩水认定是同一犯罪团伙作案。此犯罪团伙十分狡猾,还善用障眼法,数次令杜岩水中计,在破案时干南辕北辙的事。出租车司机系列谋杀案久侦不破,令警局很没面子。市局局长最近将此案"提升"为挂牌督办案,限期三个月破案。

别说办公室,就连杜岩水卧室的墙上都贴满了遇害出租车司机惨不忍睹的照片。杜岩水还在心里无数次勾画歹徒的面容,他甚至依据自己勾画的歹徒相貌到大街上对号入座觅凶。

这天早晨,杜岩水到灵山公墓参加一位同事的葬礼,栉比鳞次的墓碑像是无数手臂在向活人招手。杜岩水向同事的墓碑三鞠躬告别后,他穿过碑林一边注视墓主的名字一边往外走。当经过一座墓碑后,杜岩水站住了,他觉得刻在墓碑上的名字有些眼熟,杜岩水回身再看那名字:金玉阳。

六年前,杜岩水抓获的一名贪污公款在逃的银行职员就叫金玉阳,那人被判了无期徒刑。杜岩水看墓碑上的墓主生卒年月,岁数和杜岩水抓获的金玉阳差不多。

杜岩水找到公墓管理处办公室。

一位女士坐在电脑前敲键盘,她抬头看杜岩水。

杜岩水说:"请帮我查一个墓主的资料。"

女士问:"您是墓主的亲友?"

杜岩水摇头。

"您为什么查?"女士问。

杜岩水掏出刑警证给她看。

"叫什么名字？"

"金玉阳。"杜岩水说。

女士输入金玉阳的名字。

"您自己看？"女士问杜岩水。

杜岩水点头。

女士将电脑屏幕转向杜岩水。

杜岩水看屏幕上显示的资料，果然是杜岩水数年前抓获的那个金玉阳，他今年初因突发心肌梗死死在狱中。

杜岩水质问那女士："你们怎么能为这种人立墓碑？"

女士说："据我所知，没有限制为死亡的服刑犯人购买墓地的法律。"

杜岩水情绪激动地说："我是来参加我同事的葬礼的。罪犯怎么能和警察葬在同一座公墓？"

女士说："您别激动。其实，所有生命的结局都是一样的，不一样的是过程。"

杜岩水心头一震，他没想到面前这位看似寻常的墓地工作人员竟能说出如此振聋发聩的话，他若有所思。

女士将屏幕掉转回去，她问杜岩水："您还有别的事吗？"

杜岩水苦笑着离开公墓管理处。

杜岩水的手机响了。同事告诉他，市里发生了一起交警扣留无照驾车者后汽车逃逸的案件，问他是否感兴趣。

"几个人？"杜岩水问。

"最少两个。"

"都跑了？"

"抓住了一个。"

"在什么地方？我马上去！"杜岩水一边说一边往自己的汽车停放处跑。

杜岩水打开警灯，他驾驶汽车呼啸着往城里赶。

当杜岩水看到戴着手铐的"犯罪嫌疑人"是苗我白时，他愣了。

放走苗我白后，杜岩水站在马路边整理思绪：苗我白是出租车司机系列谋杀案遇害者之一崔文然的丈夫，他否认自己驾驶一辆没有牌照形状奇特的汽车，而交通警又不大可能拦住徒步行走的苗我白向他索要驾驶执照。难道苗我白和出租车司机谋杀案有关系？他杀害自己的妻子以及其他出租车司机的动机是什么？

杜岩水首先要判断苗我白刚才是否对他说谎，如果他说谎，即便他与出租车司机系列谋杀案没关系，也有可能涉嫌别的案件，否则他不会驾驶没有牌照的蹊跷汽车。

杜岩水问瘦交警："如果再看见那辆逃逸的汽车，你还能认出来吗？"

"能。"瘦交警肯定地点头。

杜岩水说："你现在跟我去市交通管理局道路监控中心，咱们看录像。"

瘦交警眼睛一亮："他跑不了！"

瘦交警对于刚才杜岩水放走苗我白很不满，现在他知道了杜警探采用的是明放暗不放的策略。

"上车。"杜岩水对瘦交警说。

瘦交警这才想起自己尚在值勤，他说："我在当班。"

杜岩水立即给市局局长打电话，局长自然给侦破挂牌案件开绿灯，他马上通知交通管理局长给杜岩水提供一切方便。

杜岩水和瘦交警赶到交管局道路监控中心，监控中心的整整一面墙是由无数屏幕组成的，每个屏幕上都有众多汽车驶过。另一面墙是全市道路电子地图。通畅的路段显示绿色，阻塞的路段显示红色。

监控中心主任亲自接待杜岩水。

杜岩水指着电子地图上苗我白家和冠军公司之间的几条路问："这几条路今天发生过交通阻塞吗？"

主任说："没有。"

杜岩水缓慢地点头，他的嘴角闪过一丝冷笑：苗我白撒了谎。苗我白刚才对杜岩水说，他是因乘坐出租车上班遭遇堵车才改为步行的。

杜岩水说："我要看这几条路从早晨七点到半个小时前的录像。"

主任吩咐一名女警官给杜警探放录像。

杜岩水对瘦交警说："你仔细找。"

瘦交警坐在电脑屏幕前瞪大了眼睛看。他虽然当了多年交通警察，但进入道路监控中心还是头一次。能参与侦破市局挂牌大案，瘦交警感到振奋。刚才在路上杜岩水对他说了，如果苗我白真的是出租车司机谋杀案的犯罪嫌疑人，杜岩水会给瘦交警请功。

无数汽车驶过屏幕，瘦交警目不转睛。

五十分钟过去了。

杜岩水看表。

瘦交警额头上渗出汗珠。

"别着急。"杜岩水说。

"是它！就是它！"瘦交警腾地站起来指着屏幕喊叫。

杜岩水对女警官说："慢动作重放。"

大家都盯着屏幕。

"在这儿！"瘦交警指着屏幕上的鬼车，对杜岩水说。

"定格。"杜岩水对女警官说。

杜岩水观察屏幕上的那辆汽车，确实没有牌照，确实造型奇特，无法辨别厂牌型号。

"放大。"杜岩水说。

鬼车占据了整个电脑屏幕，车里只有苗我白一人。

杜岩水问瘦交警："车里没有别人呀？"

瘦交警分析："会不会中途上了人？没有其他人，车不可能逃逸。"

杜岩水不置可否地点头。

主任问："这是什么车？进口车？林肯？道奇？水星？"

杜岩水说："你们天天和汽车打交道，没见过这种车？"

"从没见过。"主任说。

女警官说："我们主任是国内名牌大学汽车系毕业，在国外名牌大学拿的汽车硕士学位，可以说，没他不认识的汽车。"

杜岩水盯着屏幕上的鬼车发呆。

半响，杜岩水问主任："会不会是攒的汽车？"

"如果是攒的，我只能说是高手干的。天衣无缝呀！"主任感叹。

杜岩水清楚苗我白的职业是汽车修理高级技师。

杜岩水灵机一动，他指着电子地图上从苗我白被瘦交警扣留到冠军公司之间的路段说："我要看半个小时之内这段路的车况录像。"

女警官熟练地从电脑中调出杜岩水"点播"的录像。

鬼车又出现了！依然是苗我白单独驾驶。就是说，苗我白被杜岩水"释放"后，很快又驾驶逃逸的那辆"攒"的汽车恢复行驶。

"他的同伙在哪儿？"杜岩水自言自语，"藏在后备厢里？"

瘦交警连着说了五句"不可思议"。

女警官眼尖，她说："车上有牌照了！"

众人看屏幕，鬼车果然挂上了牌照。

杜岩水对女警官说："局部放大牌照，查这个号码。"

当大家看清牌照号码时，异口同声："咱们局座的牌子！"

杜岩水掏出手机给手下打电话："孟雷，我现在通过电脑传给你一张汽车的照片。你马上去一家名为冠军的汽车贸易公司四周暗中布控，只要发现这辆汽车，立即扣留！车牌号码是86531。我很快赶到那家公司。"

"扣咱们局长的车？"孟雷吓了一跳。

"是盗用车牌。"

"明白了。"

杜岩水挂断电话后敲击键盘给下属发鬼车的照片。

瘦交警嘀咕："除了咱们警察，一般外人不知道咱们局长的汽车牌照呀！"

主任说："够狡猾的，挂上这副牌照，哪个交警还敢拦他？"

杜岩水点头，他已经认定苗我白是条非同小可的大鱼。

"需要我们做什么？"主任问杜岩水。

杜岩水在市局大名鼎鼎，其两代遗腹子的出身使他具有传奇色彩。主任以能为杜警探破案效劳为荣。

"只要发现这辆车的踪迹，随时告诉我。"杜岩水掏出名片递给主任。

杜岩水赶到冠军公司时，孟雷已经在冠军公司门口附近的车里监视所有出入该公司的车辆了。

"没发现那辆车。"孟雷说，"我布置了四个人。这公司就这一个门。"

杜岩水在崔文然遇害后来过几次冠军公司找苗我白了解情况，

他对这家公司的建筑不陌生。冠军公司的汽车销售大厅很气派，全透明的玻璃幕墙使远在数十米开外的人都能一览无余地看清大厅里油光锃亮的待售汽车。

杜岩水对孟雷说："我进去看看。"

"咱们的案子有线索了？"孟雷兴奋。

"目前还不好说。"杜岩水说完朝冠军公司走去。

咨询台后边的小姐彬彬有礼地问杜岩水："先生看车？"

杜岩水说："我找总经理，如果我没记错，他姓王吧？"

"对，是王总。您预约了吗？"小姐问。

"没有。他在吗？"

"您稍等，我给您联系一下。"小姐打电话，"徐经理，有位先生找王总。"

徐超从他的办公室出来，他认出了站在咨询台前的这个男子是两年前负责苗我白妻子遇害案的警察。

徐超过来问杜岩水："您是警察吧？我是销售部经理徐超。您找王总什么事？"

杜岩水说："有关你们公司员工苗我白的事。"

徐超热情地说："我带您去王总办公室。苗我白妻子的案子破了？"

杜岩水边走边说："还没有。你们都很关心他？"

徐超说："同事嘛。"

"苗我白和大家的关系怎么样？"

"还行吧。凑合。"

"苗我白的修车技术怎么样？"

"现在的汽车好修，科技含量高，什么坏了换什么。严格说，如今的车没什么可修的。"徐超说。

"苗我白有攒车的本事吗？"杜岩水装作若无其事地说，"我们有几辆警车在追捕歹徒时受损，想请苗我白取长补短把它们攒成一辆车，你看他有这个本事吗？"

"他？不行！肯定不行！攒车可是高技术活，苗我白没这个本事。您就为这事找王总？"

"还有别的事。"杜岩水说。

不知为什么，杜岩水不喜欢徐超这个人。

王若林的办公室位于销售大厅的二层，徐超敲门。

"请进。"王若林在里边说。

徐超推门说："王总，有人找您。"

"我不是说过今天我不见人吗？"王若林在为苗我白的一个月假期发愁，他正烦着。

徐超说："是警察。"

杜岩水进屋，他对王若林说："王先生还记得我吗？咱们两年前见过。"

王若林想起来了，他站起来和杜岩水握手："我记得，您是负责崔文然案子的警官。"

徐超对王若林说："王总，我走了？"

王若林点头。

"请坐。"王若林一边说一边给杜岩水沏茶倒水。

杜岩水打量王若林的办公室。

王若林回到自己的座位上，他在等杜岩水开口。王若林直觉到苗我白有麻烦：突然请长假；请假的理由荒诞；苗我白前脚走，负责崔文然案子的警察后脚就来了。

杜岩水说："我想向你了解一下苗我白，希望你能配合我们的工作。"

"了解哪方面？"王若林问。

"苗我白的修车技术是一流的？"

王若林点头。

"他有能力攒车吗？"杜岩水问。

"从技术上说没问题。"王若林不明白杜岩水问这个干什么，王若林清楚，攒车是违法行为。

"苗我白有私家车吗？"

"据我所知，自从他妻子遇害后，他没有再买车。"王若林说。

杜岩水说："今天上午，苗我白驾驶一辆没有厂牌型号没有牌照的汽车从他家来贵公司，被交通警拦查，发现苗我白没有驾驶执照。此后，那辆汽车逃逸。然后苗我白否认自己驾车。"

王若林瞠目结舌。

杜岩水说："我们怀疑苗我白驾驶的汽车是他攒的。他是你的员工，你应该了解他的为人。他结交的人中有没有可疑人物？"

王若林说："据我的了解，苗我白品行端正，他在我的公司属于优秀员工。从技术上说，苗我白完全可以攒车，但从品质上说，他不会。"

"那你怎么解释苗我白今天上午的行为？"杜岩水问。

"是不是看错人了？"

"是我命令巡警放了他的。你知道，无照驾车是要拘留的。我会看错？"杜岩水说，"最近苗我白有什么反常行为吗？"

王若林张开嘴，又闭上了。

杜岩水说："王先生，我现在怀疑苗我白和出租车司机系列谋杀案有关，请你配合我们的工作。你肯定知道，包庇罪犯是要负法律责任的。"

"苗我白会谋杀自己的妻子？这绝对不可能！他和崔文然的感

情在我们公司是有口皆碑。"王若林说。

杜岩水说:"我的本职工作说穿了就是揭穿假象。这世界上假象太多了。你不可能不知道一位曾经被誉为道德楷模的歌星暗地里竟然和一个国家级走私犯关系密切。你也不可能不知道美国一位大名鼎鼎的 NBA 球星和其妻子的关系被球迷奉若神明,结果呢?他们离婚时球迷才恍然大悟,原来他们夫妻'多年不和'。如今杀人的动机越来越离奇,苗我白怎么不可能杀妻?比如有第三者等着和他结婚,比如骗取人寿保险,比如想要孩子。据我所知,苗我白和崔文然结婚多年没有孩子,是不是崔文然的问题?对了,我顺便问一句,苗我白再婚了吗?"

王若林点头。

杜岩水问:"他的现任妻子叫什么名字,做什么工作?"

"鲍蕊。护士。"王若林说,"照您这么分析,苗我白杀妻是为了第三者或者骗人寿保险或者想要孩子,那他干吗杀其他出租车司机?您刚才不是说他和出租车司机谋杀系列案件有关吗?"

杜岩水说:"也不能排除谋财害命。他倚仗自己的技术,将抢劫的出租车改头换面攒成面目全非的汽车出售。当然,这还都是假设。所以我需要你的配合,以使真相早日大白。王先生,我看出你对苗我白也有疑虑,而且就是这两天的事。你不应该对我隐瞒苗我白的任何事情。"

王若林沉默了一分钟,他说:"我依然认为苗我白不会犯罪,尽管他今天有反常举动。"

杜岩水双目放光,他催促:"你说。"

"苗我白刚才来向我请一个月的假。"

"理由?"

"上驾校学开车。"

"他修了这么多年车，怎么会没有驾驶执照？"

"他会开车，但没有驾照。他只是在公司里移动汽车，从不上路。"

"您觉得苗我白突然请一个月假学车正常吗？"

"确实反常。"王若林不说苗我白不正常，而是说反常。

杜岩水由此看出王若林同苗我白关系不错。

杜岩水问："你没问他请假的真实原因？我觉得你们之间的关系挺好。"

王若林迟疑了片刻，说："后来他向我透露，他请假的真实原因是去寻找杀他妻子的凶手，为崔文然报仇。"

轮到杜岩水瞠目结舌了。

王若林说："我说连警方都破不了案，你怎么可能找到凶手？他说他有了线索，凶手是个男的。"

杜岩水脑子不够用了，半天他才说了一句话："贼喊捉贼吧。"

"我看不像。"

"也许苗我白今天来公司的路上被交警扣住后，觉得自己暴露了，他想脱身。"说到这儿，杜岩水看表。

"我觉得不像。"

杜岩水问："苗我白的妻子鲍蕊会开车吗？"

王若林看出杜岩水怀疑鲍蕊是苗我白被交警扣留时驾车逃逸的同伙。

王若林说："据我所知，鲍蕊不会开车。对了，刚才鲍蕊还打电话找苗我白，我说苗我白请了一个月假去学车，她非常吃惊。"

杜岩水冷笑："这两口子很会做戏。"

王若林说："如果苗我白真是凶手，我对这个世界的看法得倒个个儿。他不会。"

"会水落石出的。"杜岩水站起来。

王若林给杜岩水开门。

杜岩水掏出名片留给王若林:"如果苗我白有新的动向,请随时告诉我。"

杜岩水下楼,徐超出现在他身边。

徐超对杜岩水说:"刚才我给您的信息是错误的,我担心影响您断案,特来向您更正:苗我白完全有能力攒车。"

杜岩水冷笑:"你在总经理办公室门口偷听总经理谈话,总经理发现了不炒你?"

徐超尴尬地说:"我是觉得……社会治安比什么都重要……"

"都像你这样,咱们社会就夜不闭户了。"杜岩水说。

徐超不再和杜岩水并排走,他留在原地。

杜岩水穿过销售大厅里的数辆新车,朝门口走去。

孟雷从车里探头出来,问杜岩水:"怎么样?"

"通知所有弟兄回队里开会。"杜岩水说完钻进自己的汽车。

在刑警队,杜岩水向手下通报了苗我白可能涉嫌出租车司机系列谋杀案的线索,他要求大家分析可能性。

有人认为如果苗我白是出租车司机系列谋杀案的凶手,他不可能通过杀害妻子将警方的目光引到他自己身上。

有人认为这正是苗我白的高明之处。事实证明,如果不是今天交警查他,咱们至今也没怀疑过他。

至于杀人动机,除了攒车卖等等之外,还有人提出了苗我白可能精神不健全。

最后杜岩水说:"不管苗我白是不是出租车司机系列谋杀案的凶手,单凭他驾驶攒的汽车和盗用咱们局长的牌照这事,他的事就小不了。即便他和咱们的案子无关,咱们也可以搂草打兔子把他办了。何况我直觉到他和咱们的案子有关系。"

孟雷说："办了苗我白，杜头儿就抓获一千名罪犯了，我们早就等着喝你的喜酒了。"

杜岩水说："连对象都没有，喝个鬼。"

众人异口同声："那还不快，咱局里好几枝警花盯着你呢！"

杜岩水虎着脸说："先说正事！孟雷，你去把苗我白的所有社会关系查清楚。他现在的妻子叫鲍蕊，是医院的护士。你重点查查她是什么时候和苗我白认识的，明白吗？是在崔文然遇害前还是遇害后。"

"明白。"孟雷说。

杜岩水继续向手下布置任务："马刚，你去崔文然投保的人寿保险公司，查查她的投保记录以及她死后的赔付金额，受益人是不是苗我白。吕新达，你负责监控那辆车，你要和交管局道路监控中心保持密切联系，不管怎么说，那也是一辆汽车，不是一根针，在这座城市里，一辆汽车是不好藏的，无论行驶还是停放，它总要待在一个地方。"

马刚和吕新达都说明白了。

杜岩水站起来："行动吧。我现在去苗我白居住的小区了解情况。从今天晚上起，咱们二十四小时监视苗我白。第一天我监视。"

杜岩水驾车抵达苗我白居住的小区，他到物业公司经理办公室亮明身份，物业公司经理立即将有关保安人员叫来。

杜岩水拿着苗我白的照片问保安："这个叫苗我白的业主有汽车吗？"

保安说："没有。他家从前有辆出租车，被抢劫了，从那以后，他家就没汽车了。"

杜岩水说："你再好好回忆一下，见过这辆车吗？"

杜岩水将鬼车的照片出示给保安看。

保安一拍脑袋:"看我这记性!我见过这车,没错,是这位苗先生的!"

"什么时候见过?"杜岩水问。

"今天凌晨,大约是两点吧,要不就是三点。"保安回忆。

"车是半夜从外边回来的?"杜岩水问。

"我们没看见这车进来,是很奇怪,按说我们站的位置是外边回来的汽车的必经之路,可我和同事都没看见这辆车回来。我们发现这辆车时,苗先生正从车里出来。"

"你们没问他?"

"问了。我们问他这是您的车?他说是,他问我们要不要现在交费,我们说走的时候再交吧,他就回家了。"保安说,"我们没见过这种汽车,挺好奇,围着车看。"

"当时汽车上有牌照吗?"

"没有。我们认为是新买的车。就在这时,另一辆汽车的防盗报警器响了。您知道,业主最烦汽车防盗器半夜鸣叫,我们就跑过去查看。等我们回来时,发现苗先生的车已经不见了。"

"那辆防盗器鸣叫的汽车距离苗先生的车多远?"杜岩水问。

"也就三十米。"

"三十米的距离,又是深夜,你们愣是没发现那辆车开走了?"杜岩水想起了苗我白的车从瘦交警眼皮底下神不知鬼不觉逃逸的事。

"它不经过我们就没有出去的路!而我们确实没看见它走。我们是两个人。"那保安说。

杜岩水沉思。"不可思议"四个字霸道地占据着他大脑的全部领域。

片刻后,杜岩水问保安:"最近苗我白有什么反常举动吗?"

保安想了想，说："最近他几次在半夜出来，说是有汽车防盗器鸣叫吵醒了他，而我们巡逻的保安都没听见。"

"别的业主有说防盗器半夜鸣叫的吗？"杜岩水问。

"没有。"

"这就是说，夜间明明没有防盗器鸣叫，他却下楼对你们说他被吵醒了？"

"是这样。"

杜岩水脑子不够用了。

物业公司经理和保安看着杜岩水。

杜岩水问保安："你知道他今天什么时间离开小区的吗？"

保安说："大约八点半。"

"步行？一个人？有他妻子吗？"

"步行。一个人。"保安确认。

杜岩水再次沉思。他无法理顺头绪。

"你们以前从没见过这辆车？"杜岩水问保安。

"今天凌晨是头一次见。"

物业公司经理小心翼翼问杜岩水："苗我白是犯罪嫌疑人？"

杜岩水先点头，再摇头。

经理说："需要我们配合警方做什么？"

杜岩水说："目前还不需要。不要惊动他。我们已经对他二十四小时布控。咱们刚才谈的内容，不要外传。"

经理叮嘱保安："听清了？出去不要对别人说。"

保安点头。

杜岩水的手机响了。

"头儿，我查清了。"手机里是孟雷。

"你说。"杜岩水一边朝物业公司经理和保安摆手告辞一边往外走。

孟雷说:"苗我白兄妹三个,哥哥叫苗我绿,是环保局的专家。"

杜岩水说:"这人我见过。"

"苗我白的嫂子鲍静是电视台的编导。苗我白现在的妻子鲍蕊是鲍静的亲妹妹。她和苗我白是在崔文然遇害前认识的,鲍蕊有可能早就是苗我白的二渠道了。"

杜岩水的手下在侦破情杀案时戏称情人或二奶为"二渠道"。

杜岩水问:"苗我白的妹妹是干什么的?"

"苗我白的妹妹叫苗我红,在保险公司工作。马刚查清了,崔文然就是在苗我红的公司投了人寿保险的,受益人是苗我白。苗我白已经在崔文然遇害后领取了理赔金。苗我红的丈夫叫金连庆,在咱们局工作。"

杜岩水问:"哪个部门?"

"车管所。"

"具体干什么?"

"发放汽车牌照。"

杜岩水心里一动:苗我白是从妹夫那里得到警察局长的汽车牌照号码信息的?或者金连庆也是同伙?

孟雷说:"就这些。"

杜岩水说:"我这就去车管所。你现在同车管所所长联系,不管他在哪儿,都让他马上赶回所里等我。"

"明白了。"孟雷挂机。

杜岩水坐进汽车,他掏出小本,在本上写了如下的字:情杀?在妻子死前有二渠道;图财害命?抢劫出租车改头换面攒成新车销赃。在什么地方攒车?团伙作案的可能较大;骗保?妹妹在保险公司，有内外勾结作案的优势；是有精神障碍的杀人狂？突然请长假，因被交警盘查成惊弓之鸟？有破釜沉舟继续疯狂作案的可能？鲍蕊、金连庆是同案犯？在交警盘查时驾车逃逸的是谁？鲍蕊的可能性较大。

杜岩水给孟雷打电话："联系车管所所长了？"

"他在车管所等你。"

"你马上去鲍蕊的医院，了解她今天上班了没有，特别是上午。如果她没上班，你立即告诉我。如果她在医院，你监视她。"

"监视女的，应该派女警察吧？我监视不方便，容易丢。"

"别啰唆了，我现在上哪儿给你找女警察去？你先委屈一下吧。"杜岩水收起电话。

杜岩水赶到车管所时，门卫告诉他，所长在办公室等他。

由于车管所所长是众多行贿者的聚焦点，杜岩水认识的几任所长都没能"寿终正寝"，都是在任上被检察院带走的。新所长上任时间不长，杜岩水还不认识。

所长热情地和杜岩水握手："久仰大名，久仰大名。"

杜岩水说："您这个职位是咱们局周转最快的职位，我是来不及认识呀。"

所长笑："我希望我能善始善终。如果我忘了我的那么多前任是从这间办公室直接去了监狱，我就是个笨蛋。"

杜岩水说："我来了解你们所的一个人，金连庆。这人怎么样？贪吗？"

"小金？他有事了？"所长吃惊，"据我了解，金连庆不贪。当然，如今越是贪的人越可能表现得不贪，我的前任在被捕前都是廉政模范，去年那个被判无期的邢所长还是市级先进呢。"

"今天我们发现了一辆盗用咱们局长牌照的汽车，我怀疑和金连庆有关系。"

"有证据？"

"嫌疑人是金连庆的大舅子。"

"需要我做什么？"

"告诉我，你认为金连庆会不会做违法的事？"

所长想了想，说："我觉得可能性不大。"

杜岩水说："这样吧，你叫他来，我直接判断一下。"

"也好，你是这方面的专家，看人肯定很准。"所长说完给金连庆打电话。

杜岩水说："我单独和他谈。"

所长点头。

敲门。

所长说："进来。"

金连庆开门进来："所长找我？"

所长说："小金，这位是刑警队的杜岩水，他向你了解一些情况。"

杜岩水看出金连庆对他的名字不陌生，他和金连庆握手。

所长说："你们谈，我有点儿事去处理。"

杜岩水盯着金连庆的眼睛开门见山："苗我白是你的亲戚？"

金连庆点头："是我妻子的哥哥。崔文然的案子有进展？"

金连庆想不出杜岩水找他还有别的理由。

杜岩水不回答金连庆的问题，他问："最近苗我白和你有联系吗？"

"没有，他出事了？"金连庆着急。

"你仔细想想，苗我白最后同你联系是什么时间？"

"对了，今天上午他给我打过电话。"

"什么事？"

"他问我什么牌照交警不敢惹。"

"你怎么说？"

金连庆语塞："……我说……当然是……我们局长的车牌……"

"你告诉他了？"

"是的……"

"86531？"

"是的……他说他是和同事打赌……"

杜岩水掏出鬼车的照片，给金连庆看。

金连庆看到车上挂的牌子号码，问："这是谁的车？"

"苗我白。"杜岩水目不转睛盯着对方。

金连庆脸色变了："他没有汽车呀。"

"是他的汽车。你告诉他咱们局长的牌号后，他就盗挂了。"

金连庆摇头："仿制牌照是需要时间的，他不可能这么快就挂上。我想想，他是九点多钟给我打电话的，这张照片是什么时间拍的？"

杜岩水说："十点左右。"

金连庆笑了："如果苗我白是从我这儿知道局长的车牌号码的，他怎么可能在不到一个小时的时间里仿制出假牌照？"

杜岩水承认金连庆的话有道理。他沉思。

金连庆再看鬼车的照片。

他问杜岩水："这是什么车？"

"你从没见过？"

"没见过。进口车？"

"我怀疑是苗我白攒的车。"

"苗我白不会干攒车的事，虽然他有这个本事。"

"他今天上午驾驶这辆车因无牌照被交警拦查，交警发现他是无照驾车。"

"他是没有驾驶执照。"

"正当交警要处罚他时，停在旁边的汽车逃逸了。之后，他驾驶的那辆汽车挂上了咱们局长的牌照继续行驶。"

金连庆像听天方夜谭。

"交警放了他？无照驾车应该拘留呀！"金连庆问。

"我放了他。"杜岩水说。

金连庆不说话了。杜岩水在苗我白事发现场，金连庆意识到事情的严重，尽管他不信苗我白会干坏事。

杜岩水掏出名片说："如果你想起什么或发现苗我白有异常举动，请随时同我联系。"

金连庆点头。

杜岩水的手机响了。杜岩水看手机上显示的来电号码，是吕新达。

"杜头儿，发现苗我白的车了！"吕新达说。

"在什么地方？"杜岩水看了金连庆一眼。

"奔马驾校。"

"他去驾校干什么？"

"好像是报名。"

"几个人？"

"就他自己。"

"知道了，继续监视！"

"明白。"

金连庆听得一清二楚。

杜岩水站起来。

金连庆主动说："我会配合你们破案的。"

杜岩水说："我相信你会。"

金连庆走后，所长进来。

杜岩水说："据我观察，金连庆不知情。当然我也不能排除我看走了眼。"

所长说："我会安排人暗中监视他，包括监听他上班时在所里打的所有电话。"

杜岩水点头告辞。

杜岩水驾车赶往奔马驾校，在途中，他接到马刚打来的电话。

"头儿，他又出手了！"马刚说。

"你说什么！王八蛋！在哪儿？"杜岩水气急败坏。

"遇害出租车司机的尸体是二十分钟前在市区一座街心公园的草丛里发现的，男性。法医初步判断是今天凌晨一点遇害的。和从前不同的是，除了出租车和钱财被抢劫外，死者的器官也被摘走了。"

"器官被摘走了？什么器官？"

"心脏。"

杜岩水两眼冒火："哪座街心公园？我马上去！"

杜岩水掉转车头，打开警笛，连闯红灯，风驰电掣。

手机响了，是局长打来的，局长只说了一句话就挂了："杜岩水，你是饭桶！"

杜岩水一边开车一边破口大骂："苗我白，我活剥了你！"

今天凌晨一点作案，两点回家。妻子是护士，否则怎能摘除人的内脏？夫妻合伙杀人越货，夫卖车，妻卖器官，两人还曾经联手杀了主渠道……

杜岩水由此断定，苗我白是出租车司机系列谋杀案的元凶。

杜岩水赶到现场时，警察已经封锁了街心公园，马刚向杜岩水介绍情况。杜岩水掀开盖在死者身上的单子，尸首惨不忍睹，遇害出租车司机的胸口被开了膛，空空如也的胸内腔像是在向杜岩水呐喊。

法医小声对杜岩水说："是内行干的，心脏摘除得很漂亮。"

杜岩水对马刚说："你马上查全市所有医院，今天有多少人做了移植心脏手术！"

马刚一通打电话。

杜岩水看见一个记者在拍照。他跑过去抢过那记者的数码照相机，从里边拿出记忆棒，放在嘴里咬碎了，吐到记者脸上。

记者愤怒，大骂杜岩水。

马刚过来一边将杜岩水劝走一边回头对那记者说："你还愣着干什么，还不快回报社抢发头版头条去！"

杜岩水咬牙切齿："全体出动，二十四小时寸步不离监视苗我白！"

杜岩水清楚，现在抓捕苗我白证据还不足。

第八章

陈杨每天要看一遍好莱坞故事片《沉默的羔羊》。看之前,他要洗澡净身。每次看《沉默的羔羊》,陈杨都有不同的体会。一部电影被他看烂了还百看不厌,连陈杨自己都惊奇。《沉默的羔羊》续集问世后,陈杨只看了一遍就把那盗版光盘掰了,他觉得续集是对《沉默的羔羊》的亵渎。

陈杨出生于医生家庭,他打小鬼使神差地喜欢汽车,从小学起考试分数就不软的他曾立志要报考某大学汽车系,无奈身为医生的父亲越俎代庖命令他报考医科大学。不敢违父命的陈杨考上了医科大学。

陈杨本来能成为一名自食其力的优秀医生,两件事改变了他的命运。

第一件事:

陈杨上大五时,一次他乘坐双层软座列车去另一座城市旅游,全程只有两个小时。软座客票的价格比普通硬座客票的价格高两倍。陈杨上车后一眼就看出乘坐软座的旅客都是所谓"上等人"或白领,个个儿西服革履,有的还随身带着笔记本电脑。陈杨对号入座等候开车。一对刚上车的中年夫妇引起了陈杨的注意,中年夫妇的装束明显与软座车厢的其他乘客形成反差,他们是典型的工薪阶层。中年夫妇带着一个两岁的小男孩儿。中年夫妇和小男孩儿坐在陈杨身后的座位上。随后，一对风度翩翩的一看就知道是高级知识分子的六十岁左右的夫妇带着一个保姆模样的人上车，他们拿着车票问男"工薪阶层"："这不是你的座位吧？"男工薪说："我们有一张票在这儿，另一张票在上层。我们是专门带孩子来坐火车的，他还没坐过火车。孩子想让我和他妈妈跟他坐在一起，咱们能调一下座位吗？"男高知说："不行。"女工薪又求女高知，女高知一脸的不屑一顾，说："坐过软座吗？都是对号的。"小男孩儿哭了。陈杨看不过去了，他站起来对男工薪说："要不你们坐我这儿？挨得也算近。"男高知瞪了陈杨一眼。男工薪对陈杨说："不用了，我上去坐。"在旅途中，陈杨从身后的高知夫妇的谈话中得知，男高知是一所名牌大学的美术教授，夫妇俩带着保姆去另一座城市看上大学的女儿。两座城市之间只有两个小时的路程，陈杨死活不明白，高知夫妇为什么不能成人之美？陈杨看出，那工薪夫妇和他们的孩子在咬牙购买的软座旅行中由于"两地分居"很不快活。从那天起，陈杨觉得受人尊敬的那个阶层其实很虚伪。陈杨的父母属于这个阶层，陈杨大学毕业后也将加盟这个阶层。那次旅行，导致陈杨厌恶该阶层。

第二件事：

1995年11月4日，以色列巴-伊兰大学法律系三年级在校大学生伊加尔·阿米尔刺杀了诺贝尔和平奖得主、以色列总理拉宾；2001年9月11日，毕业于德国汉堡大学建筑系的阿塔劫持民航机撞击美国纽约世贸大楼。学法律的大学生搞暗杀，学建筑的大学生撞击世界最著名的建筑之一。这两个人对陈杨震动极大。早就对父亲强迫他违心学医不满的陈杨，决定步上述两位学友的后尘：学解剖的大学生杀人。

六年医科大学生活结束后，陈杨没有听从父亲的指挥继续考研，而是待在家里狂看汽车书籍。而后，陈杨报名参加了一个汽车维修班，恶学汽车解剖。陈杨在大学里印象最深的一句话是一位教授说的："职业和爱好一致，是人生最大的幸事。"

  陈杨决定自己的"事业"要和汽车联系起来：解剖人外加解剖车。陈杨在汽修班除了学到收拾汽车的手段外，最大的收获是结识了邱老师。邱老师是汽修班的教师，他对于陈杨表现出的对汽车的非凡悟性大为赞赏。头上有区人大代表桂冠的邱老师的表面职业是汽修班教师，暗地里他是一个隐藏得极深的倒卖汽车团伙的老大。邱老师的团伙从事汽车改装、拼攒、销售一条龙犯罪，但是他从不让手下直接盗车，他只从盗车犯手中收购汽车，然后对汽车进行脱胎换骨式的改造，再给其配备天衣无缝以假乱真的手续进行销售。邱老师之所以不直接盗车，是他认为盗车风险大，而销赃属于守株待兔坐享其成。邱老师和盗车犯都是单线联系，即使盗车犯被捕后供出赃车卖给了谁，警方也找不到邱老师。邱老师的伯乐慧眼看出陈杨是个人物，高智商的陈杨也看出道貌岸然的邱老师骨子里道行不浅。师生心照不宣，但不点破。都是高人。

  父母对于儿子陈杨大学毕业后不去医院工作竟然不可理喻地去学汽车修理与一帮半文盲为伍勃然大怒，在确信无法说服儿子后，二老竟然在同一天相继分别因大脑和心脏罢工导致撒手人寰死不瞑目。

  在陈杨上高三时，一次他在家中自己的房间浏览不应该浏览的网页时，被父亲撞见，本以为儿子正在准备高考的父亲勃然大怒，身为医生的父亲竟然斥责儿子没出息不要脸。陈杨当时无地自容。打那天以后，陈杨便一蹶不振。上大学期间，不少女生追求陈杨，陈杨都采取敬而远之的策略。

  送走父母后，陈杨独自一人在家摩拳擦掌，他要把自己的名字刻在阿米尔和阿塔的后边，让全世界都知道他。

上驾校拿机动车驾驶执照是陈杨必须做的事。

那次经历更坚定了陈杨与社会为敌的信念。

陈杨是从电视广告中得知南方野驴驾校的，奇特大胆的校名使得陈杨决定去南方野驴驾校学开车。

南方野驴驾校位于城市南郊，陈杨在报名时选择了普通班。驾校有两种学习方式供学员选择：计时班和普通班。普通班以组为单位学车，每组四个人，定时来驾校，四个人一辆教练车配备一位教练，轮流练车。计时班由学员根据自己的时间安排预约教练，在约定的时间，学员来驾校由教练单独教授，单独使用一辆教练车。计时班的学费高于普通班。计时班适合有工作的人。陈杨没有工作，有时间，再加上他想借此机会接触社会，了解司机的心理状况，以利于日后作案，就报了普通班。

从上驾校开始到拿到驾驶执照，学员需要考三次试：交通规则、桩考和路考。

考交通规则之前，由警察给学员上三天课。教室挺大，每次听课陈杨都坐在后排。陈杨对课的内容毫无兴趣，自幼深谙死记硬背秘诀的他考交通规则如探囊取物。陈杨上课的目的是巡视坐在他和警察教师之间的一个个后脑勺，他遐想日后哪颗头颅会成为他的猎物。

在授课的最后一天，警察教师向学员传授考交通规则的注意事项。他告诉学员考试将在电脑上进行，都是选择题。

警察说："考题原先分为 A、B、C、D……题，如今为了数字化，改为 1、2、3、4……题。"

陈杨忍不住大笑，他清楚数字化的含义不是将考题由 A 题 B 题改为 1 题 2 题。

警察教师问陈杨:"你笑什么?有什么好笑的?"

陈杨止不住笑,眼泪都笑出来了。

教师对陈杨怒目而视。

陈杨一边笑一边对教师说:"1、2、3、4、5不是数字化,数字化是……"

警察教师走到陈杨身边,说:"谢谢你指教我。你叫什么名字?"

"陈杨。"陈杨还止不住笑。

警察意味深长地看了陈杨一眼,继续讲课。

交通规则考场摆放着数十台电脑,考试是百分制,90分及格。不及格者重新参加听课,然后补考。

陈杨敲键盘答1、2、3、4……题,全部答完后,他按了确定键,电脑屏幕上显示出他的得分:95分。

陈杨离开考场,到出口处的考官窗口盖通过交规考试的章。陈杨将自己的准考证递给警察。

那警察看了准考证上陈杨的名字,他抬眼看了看陈杨,在准考证上盖了章,然后将准考证还给陈杨。

陈杨连看都没看就往外走。

警察在陈杨身后提醒他:"你不及格。"

陈杨站住了,他低头看手上的准考证,上面盖的章是"不及格"。

陈杨回到窗口,问:"多少分及格?"

"90分。"警察说。

"我得了95分。"陈杨说。

"谁说的?"

"我的电脑显示的。"

警察将他桌子上的电脑显示屏转过来让陈杨看："我这电脑上有所有考生的分数，你的考试分数是89分。你看清楚。"

"这不可能！"陈杨喊。

"你有投诉的权利。"警察微笑着说。

陈杨身后的一个学员小声对他说："哥们儿，别犯傻了，昨天上课你得罪人家了，收拾你呢。"

陈杨恍然大悟。他什么也没说，接受了不及格。

陈杨再次参加交通规则课程时，那位教师故意看着陈杨的眼睛再次重申为了推行数字化，本考场特将A、B、C、D题改为1、2、3、4题。

陈杨没吭气。他的目光没和警察教师对视，而是锁定在他的喉结上。

陈杨在补考时通过了交通规则考试。

陈杨被驾校分配到该期第三组，教练是一个三十多岁的男子。学员四个人，三男一女。

教练说："大家认识一下，我姓焦。都自我介绍吧。"

一位四十多岁的男人掏出名片分发给大家："多关照，多关照。"

陈杨看名片：滕怀成统计局法规处前副处长。

陈杨嘀咕："前副处长？"

滕怀成说："这次精简机构，我被分流了。单位掏钱让我学车是我同意分流的条件之一，他们还要每天派车接送我来驾校，你们也可以沾光。哈哈。"

焦教练也说："前副处长，有意思。"

滕怀成说："我这是入乡随俗。你们是少见多怪。如今从官场退下来的人，名片上都是'前局长''前部长''前书记'什么的，你们可别小看这'前',含金量不低,谁不知道熟人好办事？'前'可能就是钱呀。"

陈杨说:"如果真有轮回转世,下辈子我投了老鼠胎,我的名片就这么印:前人。"

大家笑。

滕怀成问陈杨:"你贵姓？在哪儿高就？"

陈杨说:"我叫陈杨。无业。"

"我叫付淑红,个体户。"唯一的女性说,她大约三十五岁。

"我叫金锐。在美国读书,利用回来探亲的机会拿本。"一个和陈杨岁数差不多的小伙子自我介绍。

付淑红说:"不是说在美国拿驾驶执照特容易吗？你怎么回来拿？"

金锐说:"看对谁了。对美国人容易。像我们这样的,还是回来拿了再去美国转一下省事。"

焦教练说:"9·11时你在哪儿？没被砸里头？"

金锐眉飞色舞地说:"当时我离世贸大楼特近……"

陈杨说:"我认识的所有在美国的人说起9·11,都说当时自己离世贸大楼近得不能再近了。说起在美国的境况时,都说别人混得不行,就自己还行。"

"没错,"付淑红说,"我们邻居去了美国,几年后人家来信告诉我们,他们在纽约花二十万美元买了独门独户的住宅,我们这个羡慕呀。后来我们一个亲戚从美国回来,我们对他说,我们邻居在纽约花二十万美元买了独立住宅,你们猜我家亲戚说什么？他说二十万美元在纽约只能买濒临倒塌的独立住宅。"

金锐说:"在美国混得真正好的确实不多,像我爸那样的很少见。"

大家笑。

金锐说:"我发誓。当然,由于人种的关系,我们比较受歧视。我爸在他供职的美国公司也算是高级职员了,可在公司的餐厅用午餐时,他只能和黄种人坐在一起吃饭。公司上班时,员工的肤色是杂交的。到了休息时间,就泾渭分明了,白种人和白种人在一起,黑人和黑人扎堆,黄种人只能和黄种人聚集。去过美国的人都知道,这叫'靠色'。"

焦教练问金锐:"你觉得美国和咱们这儿比,什么差别最明显?"

金锐想了想,说:"美国比较公正。我给你举个例子。一次我爸停车被美国警察抄了罚单,我爸认为是误罚,警察说你有去法院投诉的权利。我爸就真的去法院投诉了。法院通知我爸某日某点双方去法院接受法官调查。到了那天,我爸准点去了。法官和我爸等那警察。超过约定的时间三分钟时,警察还没到,法官看表后对我爸宣布,您胜诉了。"

付淑红说:"咱要是被警察罚了,没地儿说去。"

陈杨说:"什么叫公正?公正就是客观。客观不考虑感情。依我说,这世界上压根儿就没有真正公正的地方。"

焦教练说:"咱们聊的时间还多着呢,现在你们先去办指纹卡。"

陈杨吓了一跳:"办什么卡?"

焦教练说:"考勤用的,指纹卡。办卡时预留指纹,每次来学车时到考勤指纹机上验证指纹,证明你来学过了。交管局规定,学员必须学满五十八小时才能拿驾驶执照。指纹卡是为了防止学员学时不够或找人顶替。"

看到陈杨迟疑,焦教练还以为陈杨是想少来练车,他小声对陈杨说:"其实,对驾校来说,巴不得学员少来练车,省汽油呀!指纹卡是做给车管所看的,假的。不信你抱一只狗来替你验指纹都能通过。你们谁有事不能来练车,跟我说一声把指纹卡留给我就行,我让别的学员替你输指纹。"

陈杨松了一口气。准备日后以作案为生的他,实在不愿意在驾校留指纹。

滕怀成说:"不来或少来练车,考试时通不过怎么办?"

教练笑了:"考试是否能通过,不在于你的车技。"

付淑红问:"在于什么?"

焦教练说:"在于驾校和车管所的关系,还在于考官看你是否顺眼,说白了,看你对考官是否尊重。"

陈杨问:"驾校和车管所的关系?"

焦教练说:"咱们驾校和车管所特铁。最近,咱们驾校刚安排车管所的所有考官带着家属去黄山玩了一回,他们考你们时能不手下留情?让你们过就等于给驾校省汽油。一趟黄山,花了咱们驾校二十七万元呢。"

付淑红说:"这算行贿吧?"

教练瞪她:"别乱讲。你也是受益者呀。"

陈杨又问:"怎么才能在考试时让警察考官看着我顺眼?"

教练说:"这里边学问多了,以后我慢慢教你们,上驾校,主要是学这个。你们先去办指纹卡吧。"

大家都对"学问"感兴趣,非缠着焦教练透露一二,先听为快。

焦教练说:"比如说,桩考前,学员要用非常恭敬的语气对考官说:'考官您好!我是南方野驴驾校3065号车学员陈杨,我准备考试,请考官核准。'警察说:'去吧。'你必须说:'谢谢考官!'钻完杆下车后,你要对警察说:'考官您好!陈杨桩考完毕。'考官说:'行了,及格了。'你必须说:'谢谢考官'。如果不说,他很可能要找你的后账,说:'你等等,我看你刚才有个动作不行'。"

金锐说:"要说得一字不差?"

焦教练说:"当然。这算什么?路考时,考官坐在副驾驶的位置上。考完了你下车时不能屁股对着他,你得面对考官屁股先出去。"

"为什么?"滕怀成问。

教练说:"你没看过古装电视剧?过去的人离开皇上时,能转身就走给皇上一个屁股吗?那可是死罪呀,得面对皇上退着出去。"

金锐说:"学员路考完下车时屁股先出去?"

教练说:"必须这样。这动作练熟了不容易,有的学员光是练这个下车动作就练了十个小时。"

金锐不信:"这还不容易,我不用练。"

他说完拉开教练车的门,坐上去,然后屁股先下车,结果摔在地上。

大家笑。

教练说:"路考结束后学员下车关门也是一绝。不能发出声响。也不能一次关不好门。"

陈杨对教练说:"考官是被你们惯坏的吧?"

教练说:"也有厉害的学员。上次路考,考官问一个学员:'你紧张吗?'学员说:'不紧张。教练说了,就当身边坐着一条狗。'"

大家笑。

教练说:"那个组没一个人过,全折了。教练也被我们校长炒了。"

"什么叫折了?"金锐问。

"学车行话。考试没通过的意思。"焦教练给学员扫盲。

陈杨想起了自己考交规时的数字遭遇，说："没想到学车这么多学问。"

滕怀成说："考完了还有好多事等着你呢。我老婆去年拿的本子。拿到驾驶执照后，要去银行办理交通卡。银行先让你在一张空白通知单上签字，然后再往上面打印文字内容。我老婆是律师，她看见单子上面供客户签字处印着：以上内容完全属实，保证遵守。我老婆问银行员工：'我不知道内容，怎么能签字？万一你在我签字后填上我欠你钱呢？'银行员工笑眯眯地说：'欢迎你投诉，电话号码是……我给下一个顾客办卡了？'排了半个小时队的我老婆只能在空白单子上签字，并保证'以上内容完全属实，保证遵守'。如此她才拿到交通卡。你们知道，没有交通卡是不能驾车上路的。"

焦教练说："没错，交通卡是司机的二奶。"

陈杨说："听说司机又有三奶了，又多了一张什么银行的什么卡。"

付淑红说："要依我说，应该制定法律严惩政府管理机构的'重婚罪'。所有对司机的管理都应该集中在驾驶执照的副证上，怎么能由商业银行争先恐后恣意往驾驶执照里塞卡呢？说好听点儿叫往驾照里插卡，说难听点儿是强奸司机。"

焦教练说："都去办指纹卡吧。我每期带班除了教学员尊重考官，就是陪着开声讨会。日子还长，有你们说的时间。"

陈杨的桩考和路考都不是一次就过。桩考时不让学员戴手套，而付淑红戴了。考官命令付淑红摘掉手套，付淑红不摘。等待考试的陈杨站出来为付淑红说话，他告诉考官，付淑红右手由于工伤缺两个手指头，她不想让别人看到，所以戴着手套。考官说必须摘手套。付淑红和陈杨都没过。

路考时，陈杨在行车前指出考官没有系安全带。考官一脸愠色地系上安全带。尽管陈杨以极其漂亮的屁股先下车动作完成了路考,考官依然没让陈杨及格。

补考时,还是那位考官,他依然没系安全带。陈杨不敢说了。考试结束时,考官说不及格。陈杨问为什么。考官说,交通规则规定,司机有义务提醒其他乘员系安全带。陈杨屁股冲着考官下车外加摔车门,导致全组学员都折了。

南方野驴驾校一位学员通不过路考的最高纪录是三次。陈杨刷新了这个纪录,他创造了十次路考不过的纪录。后来八次,都属于陈杨故意出纰漏,不是将"考官您好"说成"尻官您好"就是屁股先上车后下车。

南方野驴驾校没有让陈杨参加第十一次路考。校长亲自送给陈杨一本崭新的驾驶执照并央求陈杨毕业离校。

刚拥有驾驶执照的人,最想干的事,是开车。陈杨决定弄一辆汽车开开。

已经立志当坏蛋的陈杨自然不会通过合法手段买汽车,但他也不会使用别的坏蛋已经使用过的偷汽车的方式,陈杨想当有想象力能创新的坏蛋,就像劫持飞机撞击美国世贸大楼的坏蛋那样。陈杨觉得对世界贡献最大的不是好人而是坏蛋。坏蛋首先为社会创造就业机会,如果没有坏蛋,全世界那么多警察都失业了,社会治安肯定不稳定。影视和文学作品如果没有坏蛋,会有票房和印数?不管好人还是坏人,都有一个共同的爱好:喜欢看描写坏蛋的影视作品或小说。陈杨如今的理想是当出类拔萃的坏蛋。

一则电视专访触发了陈杨的灵感。电视台的记者采访一家著名汽车制造厂的总裁曹边。曹边总裁指着身边一辆该厂生产的高档汽车说,这是他的座驾,他最爱驾驶本厂生产的汽车。那辆黑色的豪华汽车的牌照号码引起了陈杨的注意,他迅速记下了那个车牌号码:

A99888。

陈杨嘴角露出一丝坏笑。

陈杨给邱老师打电话。

"邱老师吗？我是陈杨。"陈杨躺在家里的沙发上打电话。

"小陈？你好。"邱老师的语调表明他显然愿意接陈杨的电话。

"邱老师，我想见您，您有时间或者有兴趣吗？"

"可以。"邱老师根本不问什么事，"什么时间？在哪儿？"

"今天晚上八点，在汽修班附近的鼠彪咖啡屋，行吗？"

"可以。"

放下电话，陈杨更加确信自己对邱老师的判断。

陈杨到鼠彪咖啡屋时，邱老师已经在昏暗的咖啡屋里等他了。

"您到得这么早！"陈杨看表。

"我重视和高才生的会见。"邱老师说。

陈杨点点头，试探道："我觉得我和邱老师属于心有灵犀一点通，对吗？"

"我有同感。"邱老师两个嘴角向下。

"我想请邱老师帮个忙。"

"你说。"

陈杨盯着邱老师，小声说："我需要一副汽车牌照。"

"地方小客车牌照？"邱老师问。

陈杨此刻彻底折服自己的判断了：邱老师是专业级的吃汽车饭的道中人。

"是的。"陈杨说。

"对号码有要求吗？"

"A99888。"

"交货时间？"

"越快越好。"

"两天后。"

"价格？"

"算是我送给你的。"

"这不行。"

"希望咱们日后能长期合作。这算是我送给你的合作定金吧。"

"邱老师痛快。"

邱老师喝咖啡。

最让陈杨佩服的是，邱老师根本不问陈杨要汽车牌照干什么用。

第九章

那家汽车制造厂距离陈杨居住的城市三百公里。在出发前,陈杨做了充分的准备。

陈杨在家中多次造访该汽车制造厂的网站,他熟悉了对他有用的车间地形,他还仿制了该厂工作人员的工作服。

毕竟是第一次干坏事,临行前的晚上,陈杨喝了酒,他需要壮胆和给自己的人生最终拍板。陈杨清楚,只要迈出明天这一步,他再想收手,就不容易了。往常遇到精神压力大时,陈杨都是靠上网给自己减压。

陈杨打开电脑上网随意浏览,从八岁就被父亲强制学习英文的他能熟练阅读英文网站。陈杨在美国《人物》周刊的网站上读到了该刊 2001 年 12 月 17 日的一篇文章,作者罗杰斯向读者介绍了培养过二十二名诺贝尔奖得主的美国麻省理工学院近年来频繁发生的在校高才生自杀事件。陈杨如饥似渴地读这篇文章。1998 年 3 月 13 日晚上,麻省理工学院音乐专业十九岁的高才生菲利普·盖尔从学校最高的十五层楼上跳楼自杀身亡。盖尔在遗书中说:"我的死与任何事件和个人无关,我无法摆脱根深蒂固的悲哀感。"盖尔十五岁就考入麻省理工学院,认识他的人都说:"他无论在哪里都出类拔萃,包括在麻省理工学院,包括和他在麻省理工学院的教授相比。"

不知为什么,陈杨感到浑身轻松,他喝了一口酒,继续欣赏麻省理工学院的自杀名单。

1999年4月10日,麻省理工学院生物专业十九岁的女生伊丽莎白·沈在大学宿舍自焚死亡。2000年4月30日,麻省理工学院化学工程专业二十岁的女生朱利娅·卡彭特在大学宿舍服用氰化物自杀。

以上三位自杀大学生的照片在电脑屏幕上看着陈杨,他们一个赛一个英俊漂亮。陈杨听到他们对他说:"你还犹豫什么?这个世界有值得你犹豫的地方吗?"

陈杨没有看完长长的自杀名单,他喝干杯中的酒,给自己拍了板。

次日清晨,陈杨携带作案工具乘坐火车赶赴那座被他锁定为猎物的城市。

四个小时后,陈杨抵达那座城市,他找了家小旅馆住下,然后去那家汽车制造厂门口附近转悠。

次日清晨,身穿工作服的陈杨随着汽车制造厂上班的人流轻而易举进入厂区。

陈杨进入汽车装配流水线车间,他躲藏在一座厕所的马桶单间里,从里边插上门。陈杨要在这里待到工人吃中午饭,他靠玩掌上电脑里的游戏打发时间。

午休铃声响过后,陈杨潜出厕所,车间里空无一人。流水线的尽头排列着数十辆刚下线的新车。

陈杨来到一辆黑色的轿车前,这辆车和该厂曹边总裁的座驾一模一样。陈杨事先了解的该车售价是五十万元。

陈杨看看四周没人,他用最快的速度从怀中拿出邱老师送给他的牌照,安装在汽车上。

陈杨打开车门,坐进汽车,车钥匙插在点火开关上。陈杨脱下工作服，露出里边的西装，然后戴上墨镜。他发动汽车驶出车间。

当陈杨驾驶汽车驶出工厂大门时，保安看了一眼牌照，立即向陈杨敬礼。陈杨矜持地点点头，绝尘而去。

汽车制造厂发现丢了一辆新车，是两天后的事。当天陈杨就走高速公路返回他居住的城市。在城乡接合部，陈杨同邱老师联系，询问邱老师可否帮他修改汽车的发动机号码和车架号码以及配备相关的合法手续，邱老师答复免费协助。

事后当邱老师从陈杨口中获悉他盗车的战术时，邱老师拍案叫绝。

这辆汽车被陈杨留作自用车。

陈杨第一次抢劫出租车是在一个周一的下午。出租车司机大都对于男性乘客租车去郊外有所警惕，而对于女性乘客租车去城里的大宾馆可以说毫无防范。

陈杨化装成女性，他告诉那出租车司机去象山宾馆。到了宾馆后，陈杨对出租车司机说，他是来取自己的汽车的，他的汽车停放在宾馆的地下停车场，他问出租车司机能不能送他去地下停车场。正在为车轮再转几圈计价器就又可以蹦一个字而遗憾的出租车司机爽快地同意了。在僻静的地下停车场里，陈杨结束了那出租车司机的性命，当他使用刀子割断出租车司机的喉管时，他想起在大学第一次上解剖课的情景。

陈杨将出租车司机的尸体抛弃在郊区的一个阴沟里。陈杨打电话给邱老师，说是有礼物送给他。邱老师指示陈杨将赃车开到指定地点，不要拔出车钥匙，然后离开。陈杨照着做了。

一个小时后，陈杨接到邱老师验收赃车后打来的电话，邱老师让陈杨二十分钟后到一个公用电话亭拿一个包，包里是货款。陈杨再次说本次货不要钱，是送给老师的礼物，从下次开始公事公办。

邱老师只好笑纳。

从此，陈杨走上了职业犯罪的道路。他的双手沾满了出租车司机的血。他杀人越货不光是为了钱，很大程度上是因为他在杀人时能产生快感，他在别的方面无法享受快感，只有另辟蹊径。

在陈杨杀的出租车司机里，唯一一个使他感到恐怖的，是崔文然。崔文然死后，眼睛一直笑眯眯地盯着陈杨，以至于陈杨认为崔文然没有死，当他再次结束崔文然的性命后，这个女出租车司机依然笑眯眯地看着他。陈杨感到毛骨悚然，他第三次屠杀崔文然。在杀了崔文然八次后，陈杨确信她死了，但她的眼睛依旧笑眯眯地看着他。当天晚上，陈杨猛做噩梦：一辆载重汽车在沙漠里对他穷追不舍，当载重汽车将陈杨的全身都轧碎了只剩下头时，陈杨看到载重汽车是崔文然。崔文然抬起脚，将陈杨的头像踢足球那样踢出去……

陈杨没有被崔文然吓住，他继续从事自己钟爱的"事业"。

受《沉默的羔羊》续集的启发，陈杨对食用人的心脏产生了兴趣。他在一天下午抢劫一个出租车司机的同时，摘取了他的心脏。陈杨这样做还有一个目的：转移警方视线，使警方将注意力放到贩卖人体器官上。

陈杨已经知道专事和他斗的警察叫杜岩水，陈杨觉得杜岩水的智商在他陈杨之下，他觉得自己和杜岩水的关系就像猫耍耗子。

陈杨喜欢掌上电脑，那种用户能往里输第三方软件的真正的掌上电脑，而不是电子记事本。高档掌上电脑的价格在六千元左右。

一天傍晚，陈杨在家里到掌上电脑论坛转悠。网上是物以类聚人以群分，喜欢汽车的网友聚集在汽车论坛里，喜欢掌上电脑的网友在掌上电脑论坛相会，喜欢流行歌曲的网友在流行歌曲论坛相聚……

陈杨在掌上电脑论坛看到一张网友聚会的照片，前天，喜欢掌上电脑的七十多名网友在一家餐厅聚会，他们将各自的掌上电脑放在餐桌上照相，然后将照片放到网上，供网友欣赏。论坛还预告，下一次掌上电脑爱好者网友聚会定于三天后举行，时间地点一应俱全。

一个念头在陈杨脑子里闪现，他的嘴角露出一丝坏笑。

走上邪路后，陈杨专业从事抢劫出租车，他还没有涉及过别的领域。陈杨心血来潮要玩一回业余的消遣消遣。

陈杨计划如下：当掌上电脑爱好者网友聚会的程序进行到大家都把自己的掌上电脑放到餐桌上供拍照时，身着警察制服的陈杨突然出现在餐桌旁大喊："我是警察！都趴下！我们接到举报，有一台掌上电脑里有定时炸弹！"当网友都趴下后，陈杨用餐桌布将桌上的掌上电脑席卷而去，然后驾驶停在餐厅门口的汽车扬长而去。

陈杨躺在沙发上胡思乱想：警方肯定不会让杜岩水接手掌上电脑抢劫案。如果杜岩水出人意料地对上司说，他认为掌上电脑抢劫案和出租车司机系列谋杀案是同一人所为，两案可以并案侦破，那他杜岩水就太神奇了。

陈杨摇摇头，对杜岩水的智商再次表示遗憾。

他在入睡前又一次欣赏《沉默的羔羊》。

第十章

　　苗我白在奔马驾校报名后，乘坐鬼车回家。在一个十字路口等红灯时，有人敲苗我白身边的车窗。苗我白侧头看，是一个乞丐。乞丐双手合十，乞求苗我白施舍。

　　崔文然说："给他点儿吧。"

　　苗我白给了乞丐一元钱。

　　苗我白正要将车窗玻璃关闭，一张报纸塞进来。

　　"先生买张《快讯报》？"一个报童问苗我白。

　　苗我白买下报纸。

　　"过去我和你出去，你从不让我给乞丐钱。"苗我白对崔文然说。

　　崔文然说："人死了后才明白，活着的时候最应该做的事是施舍。施舍说白了就是帮助别人。"

　　苗我白问："生前爱施舍的人死后'活'得好？"

　　"是这样。但是这里边的道理，我一下子还真和你说不明白。"崔文然说。

　　"施舍就是将自己的财产给别人？"

　　"是的。财产有两种，有形财产和无形财产。有形财产指金钱物品，无形财产是真理、精神、亲情和爱情等等。"

　　"向别人传播真理就算是施舍？"

"当然。比如有位作家写了一部富含真理的书,他就是在向别人施舍:施舍真理,施舍无形财产。"

"原来我以为富人帮助穷人才叫施舍,你这么一说,我才明白,有时穷人也可以向富人施舍。比如你刚才说的作家施舍真理,作家可能没什么钱,而他施舍真理的对象可能是亿万富翁。"

"你快开窍了。贫困和富有不光是指钱财。我死后才知道,贫困有九大类。"

"哪九大类?"

"经济贫困,道德贫困,智力贫困,想象力贫困,健康贫困,学历贫困,相貌贫困,机会贫困,出身贫困。在这九大贫困中,道德贫困是贫困之首。"

"相对应,也有九大富有?"

"是的。"崔文然说,"当今人间的分歧不是国与国、制度与制度、意识形态与意识形态之间的分歧,而是穷人和富人之间的分歧。"

"穷人和富人斗,中产阶级夹在穷人和富人之间,受夹板气。任何国家发生骚乱,倒霉的都是中产阶级。"苗我白说,"我觉得有必要提一个口号:全世界中产者,联合起来!"

崔文然说:"现在已经不是提口号的时代了,那种一呼百应的场面不容易再看到了。"

苗我白忽然被手中的《快讯报》的一则新闻吸引了注意力。

崔文然提醒他:"你一边开车一边看报,当心警察拦你,你还没有驾驶执照。"

苗我白大喊:"他又杀出租车司机了!"

"什么时候?"崔文然气急败坏。

"今天下午!他还摘除了那出租车司机的心脏!狗日的!"苗

我白骂人。

"他在本市！咱们要尽快找到他！"崔文然怒不可遏。

"他不停地杀人抢劫，也是穷人和富人的分歧造成的？"苗我白说。

"他起码是道德穷人！"崔文然喊叫。

苗我白的手机响了。他接听电话。

"请问是苗我白先生吗？"一个女声。

"我是。"

"我是奔马驾校。"

"什么事？"

"真对不起，我们不能接收您在本驾校学车了。"

"为什么？你们刚才不是已经接收我了吗？你们连学费都收了。"

"对不起，真对不起，我们现在决定不收您了，我们给您办理退款。"

"为什么？"

"最近报名的人比较多……"

"你最好说实话，否则我告你们。"

"是这样……你刚才走后，有警察来向我们了解您的情况。我们学校的领导不想找麻烦，就责成我通知您。您可别把我说的告诉别人，我是好心告诉您实情……"

"警察？到你们那儿了解我？他们说什么？"

"我真的不能再多说了，请你谅解。您随时来拿学费吧。"她挂了电话。

苗我白问崔文然："你都听见了？"

崔文然说："咱们被警察盯上了，警察大概对我产生了兴趣。"

"他们不盯坏人,盯咱们干什么?"

"肯定是把咱们当坏人了。"

"这种眼神的警察,怎么维护社会治安?"苗我白叹气。

崔文然说:"我估计现在咱们身后就有警察。"

苗我白看反光镜。

崔文然说:"已经快到家了。我驶进一条小路隐身,你步行回家。明天清晨开始,咱们全力以赴找那恶棍。"

苗我白同意。

鬼车突然拐进右边的一条小路,崔文然在后边跟踪的车还没拐过来时,就消失了。

跟踪苗我白的警察吕新达驾车拐进小路时,鬼车已经无影无踪,只剩下苗我白迈着悠闲的步子往家走。吕新达赶紧向杜岩水通报。

此刻杜岩水已经待在苗我白居住的小区门口的汽车上,他盯着苗我白走进小区。

杜岩水通过对讲机质问吕新达:"车怎么说没就没了?你是怎么跟的?"

吕新达委屈:"太奇怪了,也就一转眼的工夫车就没了,这小子搞的是什么名堂!"

杜岩水说:"这小区就这一座门,咱们守着,咱们都看见了,那辆车没进去。我就不信他苗我白能凭空弄出一辆车来!"

苗我白一进家就感觉出空气不对。

鲍蕊劈头就问:"你请了一个月假?"

苗我白点头:"你怎么知道的?"

"我打电话找你,王总告诉我的。"

"你干吗不打我的手机?"

"怎么成了你审我了？"

苗我白不吭气了。

鲍蕊看着苗我白："这么大的事，事先怎么不告诉我？"

"早晨我还没想好……"苗我白支吾。

"为什么要骗我？"

"……我没骗你……"

"你请假干什么？"

"上驾校。"

"咱们没汽车，你上驾校干什么？"

苗我白无话可说。

鲍蕊说："我白，今天早晨我就觉得你不对劲，你果然有事瞒着我。"

苗我白咬嘴唇。

鲍蕊盯着苗我白一字一句地说："你到底干什么违法的事了？"

苗我白说："违法的事？我苗我白做违法的事？你怎么这么说？"

"今天警察走马灯似的到医院调查我，而我什么坏事也没干过，他们是冲着你去的！"

"警察去医院调查你？调查你什么？他们直接问你？"苗我白吃惊。

"护士长悄悄告诉我的。警察调查我早晨几点到医院的。还调查我是什么时候和你认识的。下午，又有警察去医院问我有没有给人移植器官的本事。"鲍蕊掉眼泪了。

"移植器官？"苗我白瞪大眼睛，"和我什么时候认识的？"

鲍蕊一边擦眼泪一边说："我白，咱们虽然是再婚，但我觉得咱们能算是相亲相爱吧？"

苗我白点头。

鲍蕊说:"你不应该瞒我。就算你做了错事,我也会和你共渡难关。"

苗我白不知道怎么对鲍蕊说崔文然的事。就算鲍蕊信了,她会吃醋吗?这件事的本质毕竟是崔文然又回来了。

苗我白说:"鲍蕊,我确实没做任何坏事,请你相信我。"

"那为什么警察去医院查我?让我丢人现眼!"鲍蕊怒气冲天。

"我怎么知道?"苗我白只能这么说。

电话铃响了。

鲍蕊接电话。

"我红找你。"鲍蕊将话筒放在茶几上。

苗我白拿起话筒,他暗暗感激妹妹给他解了围。

"二哥,你出什么事了?"苗我红问。

"我……没出什么事呀?"苗我白看了鲍蕊一眼。

鲍蕊注意听苗我白和苗我红的通话。

苗我红说:"今天警察到我们保险公司调查崔文然投人寿保险的事。"

"他们到底想干什么?!"苗我白火了。

"我还没说完,还有呢!连金连庆也跟着你沾光了。"

"连庆怎么了?"

"有一个叫杜岩水的警探找他谈话,了解你。杜警探走后,连庆被所长调了工作。"

"不发放牌照了?"

"看大门去了。"

"怎么会?你确定是那个叫杜岩水的警探找了连庆?"

"没错。"

"我去找他！这个杜岩水负责文然的案子，他正事不干，怎么搞的，专和咱家过不去！"

"二哥，你没任何问题吧？"苗我红小心翼翼地问。

"怎么连你也不相信我？"

"当然相信，只不过他们也太……你有汽车了？"

"……没有……"

"他们说你挂了公安局长的牌照……"

"你告诉连庆，我什么坏事也没做过。他肯定会恢复工作的。"

苗我白挂上电话，发愣。他想起今天上午杜岩水在街头和他见面的情景，他的思路渐渐清晰了：杜岩水根据苗我白无照驾车怀疑上他了，进而发现苗我白驾驶一辆挂着警察局长车牌的汽车。破不了出租车司机系列谋杀案的杜警探像溺水者抓住了一根稻草，他竟然跑到鲍蕊的医院、苗我红的保险公司甚至金连庆的车管所调查苗我白。

苗我白突然意识到既然杜岩水去了这么多和自己有关系的地方，他肯定也去过冠军公司。苗我白给王若林打电话。

鲍蕊在一边看。

"王总吗？我是苗我白。"苗我白说。

"有事？"王若林问。

"今天有警察找你吗？"

"……"

不说话等于说有。

苗我白问："警察调查我？他们怎么说？"

"我白，我相信你不会做出格的事。"

"谢谢王总的信任，我确实不会。他们怀疑我什么？"

"……人家问我你有没有攒车的本事……"

"攒车？"苗我白恍然大悟，杜岩水怀疑他驾驶的是非法拼攒的汽车。

"我白，你不会有任何麻烦吧？"

"王总，我绝对不会做任何对不起你、对不起咱们公司的事！请你放心！"

苗我白挂上电话，他坐下想。

鲍蕊在一旁摇头，她说："我白，还是不能告诉我？"

苗我白叹了口气，说："鲍蕊，现在我不能告诉你。但请你相信我，我发誓，我没做坏事。"

鲍蕊说："你能发誓说你没做对不起我的事吗？"

苗我白不知道他和崔文然的幽会算不算对不起鲍蕊，他迟疑。

鲍蕊大惊："你有第三者了？"

苗我白哭笑不得，再婚妻子管前妻叫第三者，乱了套。

见苗我白不置可否，鲍蕊万念俱灰。

苗我白见鲍蕊不做饭，他也没心思做饭，他到厨房泡了两碗方便面，端给鲍蕊一碗，鲍蕊不吃。

熄灯后，苗我白睡不着，他不想影响身边的鲍蕊，只得假装睡着了。苗我白想，杜岩水怀疑他是坏人，已经开始全面调查他，肯定对他实行了严密的监视。这苗我白不怕。没做亏心事，不怕鬼叫门。令苗我白不安的是，他的亲人的工作和生活因此受到干扰。苗我白感到深深的内疚。苗我白甚至想去和杜岩水摊牌，告诉他事情的真相，让他不要再骚扰自己的亲戚。苗我白在黑暗中苦笑，他坚信杜岩水绝对不会相信世界上有鬼车。

苗我白只有一个办法摆脱杜岩水对他和他的亲人的纠缠：尽快找到杀害崔文然的凶手，用事实证明自己的清白。

想到这儿，苗我白躺不住了，他认为自己应该立刻同崔文然制订尽快找到凶手的方案。

苗我白屏住呼吸听鲍蕊的呼吸,他判断她是否已经入睡。鲍蕊的呼吸均匀,显然是睡着了。

苗我白轻轻坐起来,他抱起衣服,蹑手蹑脚走出卧室。

现在是深夜一点,苗我白关上家门下楼,他在单元门口站了会儿,确信四周没人后,悄悄走到楼后的一小片灌木丛中,他要让崔文然出现在这个四面是灌木丛的地方,别人难以发现。

"文然,来。"苗我白小声说。

灌木丛中央出现鬼车。

苗我白开门上车。

苗我白打开收音机开关。

"文然,咱们得抓紧,那个姓杜的警探怀疑我是坏蛋,他开始调查我了。"苗我白说。

"他怀疑你的根据是什么?"崔文然问。

"根据还是比较充足的:驾驶拼攒的汽车,盗用公安局长的牌照。这还不够?"

"我成了拼攒的汽车了。"崔文然说,"他还不至于怀疑是你杀的我吧?"

"但愿杜警探的智商还没低到这样的程度。"苗我白说。

"咱们想想办法,尽快找到那个浑蛋。"崔文然说。

第十一章

深夜一点三十分,在小区门口的汽车上打盹的杜岩水被孟雷叫醒了。

"杜头儿,小区保安来报告说,那辆汽车出现在苗我白家的楼下。"孟雷说。

杜岩水睁开眼睛,问孟雷:"从大门口进去的?"

孟雷说:"没有。我一直看着。"

杜岩水摇摇头,说:"咱们看看去。"

在保安的引领下,杜岩水和孟雷潜行到灌木丛附近,他们看见了汽车。

"怎么开进去的?"杜岩水纳闷。

灌木丛面积很小,四周没有足够汽车开进去的路。

杜岩水伸手,孟雷将红外线夜视望远镜递给他。

杜岩水举着望远镜观察车内。

"苗我白在汽车里,就他一个人。他好像在说话,他和谁说话?"杜岩水一边看一边小声对手下说。

"苗我白这小子是挺怪的,他的事儿小不了。"孟雷说。

杜岩水问身边的小区保安:"这辆车会一直藏在这儿吗?比如说好几天了。"

"绝对不可能。一个小时前还没有。再说了,白天绿化组的人会维护绿地。"保安说。

"车从哪儿开来的？"杜岩水嘀咕。

"苗我白会不会攒了不止一辆车？"孟雷猜测。

"他如果吃这碗饭，当然会一辆接一辆攒，但是他应该不会同时攒好几辆吧？"杜岩水说。

"动他吗？"孟雷请示。

杜岩水想了想，说："监视他，我想知道他到底在干什么。"

杜岩水的手机振动。

杜岩水接听电话，是在小区门口蹲守的吕新达打来的。

"杜头儿，鲍蕊出去了！"吕新达说。

"怎么走的？"杜岩水问。

"骑自行车。"

杜岩水收起电话，他对保安说："快去给我弄一辆自行车！"

保安为难："这么晚，到哪儿弄？"

孟雷启发他："借小区业主的，借，懂吗？这是为了小区的治安。"

保安恍然大悟，到楼下踢开一辆自行车的车锁，交给杜岩水。

杜岩水吩咐孟雷盯死苗我白后，他飞身骑上自行车，尾随鲍蕊。杜岩水估计苗我白和鲍蕊跟他玩声东击西的把戏。苗我白故意吸引杜岩水的视线，鲍蕊趁机转移赃物，没准就是那出租车司机的心脏。

鲍蕊深夜被噩梦惊醒后，发现苗我白不在床上，她找遍了整套房子，没有苗我白的踪影。

鲍蕊呆坐在床边，她的精神濒临崩溃。鲍蕊在姐姐鲍静的撮合下，和苗我白结婚后，日子过得挺好。从昨天起，苗我白突然发生异常举动，以鲍蕊的直觉，和别的女人有关系。这么晚了，苗我白还要出去，不是幽会是什么？

鲍蕊无法忍受，她的第一个念头就是去找姐姐鲍静诉苦，让姐夫苗我绿出面给苗我白施压，让苗我白回心转意好好和老婆过日子。

鲍蕊骑自行车去姐姐家，深夜孤身一人外出，她全然不惧。

这是一个没有月光的夜晚，缺少月光的支持，路灯显得昏暗低迷。

在一个僻静的拐角，鲍蕊被一双有力的大手从自行车上拦下来。

"别叫！叫就捅死你！"那人沙哑着嗓子威胁说。

"救命！有坏人！"鲍蕊喊叫。

鲍蕊的头部遭到重击。她的嘴被堵住了。鲍蕊没有昏迷。她被那人拖向草丛。鲍蕊挣扎。

那人开始解除鲍蕊的衣服。鲍蕊明白自己碰到色狼了，她的嘴唇被自己的牙齿咬破了。

"起来。"很平静的另一个声音，来自色狼身后。

鲍蕊还以为是色狼的同伙。

"听见了吗？我说你呢，起来吧。"那声音重复。

"你找死呢？"色狼恶狠狠站起来。

仰面朝天躺在地上的鲍蕊看见一个男人站在色狼对面。

色狼迟疑了会儿，说："得，哥们儿让给你了，免费。"

"美得你。"那人一个扫堂腿将色狼放倒在地上，掏出手铐将色狼的一只手和旁边的一根电线杆子的牵引钢缆铐在一起。

鲍蕊知道救她的人是警察后，安心地昏迷了。

杜岩水给鲍蕊穿衣服时，趁机检查了她。没有任何赃物。

杜岩水当了这么多年警察，接触过不少女性的身体，但都是没有生命的尸体。接触活着的女性的身体，杜岩水这还是头一次。给女性穿衣服，更是破天荒。不知为什么，杜岩水的手有点儿发抖，甚至株连到心脏发抖。

短暂昏迷后，鲍蕊醒了。她看见色狼一只手举着一块砖头从杜岩水背后朝他的后脑勺砸过来。

"快躲开！"鲍蕊一边大喊一边推杜岩水。

杜岩水一偏头，砖头砸在鲍蕊额头上。

杜岩水站起来转身飞起一脚，踢在色狼的下身，色狼惨叫一声，用一只手捂着伤处蹲下了。

杜岩水对色狼说："这辈子，这种罪名你是不会再有了。"

鲍蕊摸自己的额头，有血。

杜岩水蹲下看鲍蕊，说："你替我挨了砖头。谢谢。"

鲍蕊说："是你刚才救了我。"

杜岩水说："我送你去医院。"

鲍蕊说："不用了，我在医院工作，我懂，没伤着动脉。我的血小板好，血马上就会凝固。"

杜岩水扶鲍蕊坐起来，他感觉鲍蕊不是犯罪嫌疑人。

"这么晚了，你一个人出来干什么？"杜岩水问。

鲍蕊说："和老公吵架了，气得不行，去他哥家告他。"

杜岩水说："你老公是身在福中不知福。"

"谢谢你这么说。"鲍蕊心里一热。

杜岩水的手机告诉他有电话。

"我是杜岩水。怎么样？他还在车里？你打电话叫巡警来，我这儿有个犯罪嫌疑人，涉嫌强奸。地点是……"杜岩水看四周。

鲍蕊觉得杜岩水这个名字有点儿耳熟，她想起来了，昨天晚上苗我白和苗我红通电话时，提过这个名字。

鲍蕊站起来，她一边擦额头上的血一边对杜岩水说："你跟踪我？"

杜岩水说："我得承认，跟错了。"

鲍蕊问："你为什么调查苗我白？"

杜岩水反问："你为什么和他吵架？"

"我怀疑他有第三者。"鲍蕊说。

"我怀疑他涉嫌出租车司机系列谋杀案。"杜岩水观察鲍蕊的反应。

"你说什么？苗我白杀人？你肯定搞错了！"鲍蕊大声说。

杜岩水将苗我白驾驶攒的汽车盗用公安局长的牌照的事告诉鲍蕊。

"现在苗我白就在那辆汽车里，我们的人在监视他。"杜岩水说，"我原来认为你和他是同伙，现在我推翻了这个判断。"

鲍蕊沉思，她说："如果苗我白有一辆汽车，我不可能不知道。他放在哪儿？"

杜岩水说："如果苗我白确实在犯罪，你怎么办？会帮助我们破案吗？"

鲍蕊说："如果他真的是杀害出租车司机的凶手，我会帮助你。但他不会。"

杜岩水掏出名片给鲍蕊："希望你在有了新发现时，能告诉我。不知为什么，我信任你。"

鲍蕊接过名片，说："你最好别再派人去我的医院查我。"

"不会了。"杜岩水说。

虽然是夜间，鲍蕊却清晰地感到双方的目光里有异样的成分。

想到刚才是杜岩水给她穿的衣服，鲍蕊脸红了。

110警车来了。杜岩水掏出证件给巡警看，并讲述过程，巡警让鲍蕊签字。然后带走色狼。

杜岩水骑自行车一直将鲍蕊护送到苗我绿家楼下，然后他返回苗我白居住的小区。

苗我绿和鲍静对于鲍蕊深夜造访感到吃惊,特别是鲍蕊的额头上还有伤。

鲍静问妹妹:"出什么事了?"

鲍蕊说:"苗我白他……"

苗我绿说:"苗我白打你了?"

鲍蕊哭诉:"他没打我。我刚才来你们家的路上遇到坏人了。"

鲍静瞪大了眼睛看妹妹:"没事吧?"

"幸亏有警察救了我。"鲍蕊说。

鲍静和苗我绿松了口气。

苗我绿对鲍蕊说:"你坐下慢慢说,到底是怎么回事?"

鲍静往鲍蕊额头上贴创可贴。

鲍蕊将从昨天早晨到现在她家发生的事告诉姐姐和姐夫。

苗我绿和鲍静听完后对视,他俩半晌说不出话。

"不可能吧?"鲍静和苗我绿异口同声。

"你们可以打电话给苗我红证实呀。"鲍蕊说。

苗我绿当即给苗我红打电话。放下电话,苗我绿呆若木鸡。

鲍静小声问鲍蕊:"你和他生活在一起,你应该了解他。你觉得他是怎么回事?"

鲍蕊说:"他又有人了。"

苗我绿摇头:"他不是这种人。"

鲍静也说:"警察亲眼看见苗我白驾驶一辆可疑汽车,这和第三者有什么关系?他还是做违法的事了吧?"

鲍蕊说:"据我对他的了解,他不会。"

鲍静说:"最近我做了一个法制专题节目,那个罪犯的犯罪动机很奇特,他被女友甩了,从此对所有女性恨之入骨,最后发展到使用刀片划伤素不相识的女性的脸。苗我白会不会由于崔文然的案子迟迟不能侦破,由此嫉妒未遭抢劫的其他出租车司机,从而……"

苗我绿冲妻子摆手,示意她不要再往下说了。鲍静和鲍蕊都看苗我绿。

苗我绿说:"我现在给他打电话。鲍蕊,你刚才说,他现在在那辆汽车上?"

鲍蕊说:"是警察说的。我没看见。"

苗我绿打苗我白的手机。

"我白?是你吗?我是我绿。"苗我绿问。

"哥,这么早你就起了?才四点半。"苗我白惊讶。

"你在哪儿?"

"……当然是在家……"

"鲍蕊在吗?"

"……在,她睡着呢……"

苗我绿看身边的鲍蕊。鲍蕊和鲍静摇头。苗我白撒谎预示着事情不妙。

苗我绿说:"我现在要见你。"

"是不是苗我红给你打电话了?"

"鲍蕊在我家。"

"……"

"你现在马上来我家!"

"……"

"不行?那我去你家。"

"哥,我今天有急事,能不能等明天?"苗我白想先抓住凶手。

"不行,就现在!"苗我绿的口气不容通融。

"……我现在去你家……"苗我白挂断电话。

苗我绿放下话筒，对妻子和鲍蕊说："他有事，确实有事。"

鲍静叹了口气，对鲍蕊说："你姐夫最近特忙，你知道，世界运动会在本市召开的时间越来越近了，只有两年时间了，而环境治理不见成效，特别是大气污染。你姐夫压力很大。"

鲍蕊说："姐夫，真对不起，我们还给你添麻烦。"

苗我绿叹气："苗我白是我亲弟弟，他出事，我比你着急。"

鲍蕊说："大气污染怎么就治理不好呢？"

鲍静说："主要是汽车尾气污染。咱们市汽车太多了。"

"按车牌号码尾数分单双日行驶呀！"鲍蕊说。

"我提过这个建议，被市领导否决了。"苗我绿说，"影响经济发展。"

鲍蕊突然想起什么，她说："我打个电话。"

鲍静点头。

鲍蕊掏出杜岩水的名片，给杜岩水打电话。

电话通了。

"杜警探？我是苗我白的妻子鲍蕊。"

"你好。需要我做什么？"

"你还在监视我丈夫？"

"是的。"

"他现在还在你说的那辆汽车上？"

"是的。你等等！车怎么说没就没了！孟雷，车去哪儿了？没看见？见鬼！"

"人也没了？"

"人还在，他从灌木丛里出来了。见鬼！"

"他哥哥给他打了电话，他现在去他哥哥家。"

"谢谢你给我通风报信。"

鲍蕊挂了电话。

鲍静对妹妹说:"你这么做好吗?"

鲍蕊说:"好。如果苗我白没事,我这么做能尽快洗清他。如果苗我白有事,特别是杀人放火的事,咱们应该让他早日归案。刚才就是这个姓杜的警察救了我,我觉得他是值得信任的人。"

苗我绿对鲍蕊说:"你做得对。"

鲍静问鲍蕊:"刚才那个警察说苗我白还在可疑的汽车上?"

鲍蕊说:"他说接我的电话时汽车还在,转眼就没了。"

苗我绿皱眉头:"人也没了?"

"人还在。"鲍蕊说。

"连警察都看不住一辆汽车,在警察眼皮底下开走了,也太离奇了。"鲍静嘀咕,"车走了,苗我白没走,谁把车开走的?真有第三者?"

鲍蕊突然说:"咱们不是都在梦中吧?"

苗我绿说:"都醒着。一会儿苗我白来了,我单独和他谈,你们回避一下。我的话,他不能不听。"

鲍静和鲍蕊点头。

第十二章

清晨五点钟,苗我白赶到哥哥苗我绿家。

听到门铃声,苗我绿让鲍静和鲍蕊到卧室等结果。苗我绿给苗我白开门。

苗我白进门一看只有苗我绿,问:"鲍蕊呢?"

苗我绿说:"鲍蕊和你嫂子在卧室。咱俩先谈谈。"

苗我绿走进书房,苗我白落座后,苗我绿关上书房的门。

"你是怎么了?大半夜的,让鲍蕊一个人跑出来,她碰上坏人了。头上受了伤。"苗我绿责怪弟弟。

苗我白腾地站起来:"鲍蕊碰上坏人了?她伤得怎么样?"

苗我绿的手掌冲苗我白做让他坐下的动作:"你别急,鲍蕊运气好,被警察救了,没什么大伤。你先说说你是怎么了?"

苗我白重新坐下,他不说话。

苗我绿说:"不管你遇到什么事,你必须告诉我真相。你的行为已经影响到咱们家所有人,苗我红、金连庆、鲍蕊。我和你嫂子在深更半夜也被吵起来。"

苗我白说:"哥,你了解我,我能做什么违法的事?我是那种人吗?"

"你不是。"苗我绿说,"所以我要你的解释。连警察都惊动了,你知道吗,他们在监视你,二十四小时监视!他们甚至怀疑你和出租车司机谋杀案有关联,你一定要告诉我真相。我可以向你保证,我不告诉任何人,包括你嫂子和鲍蕊。"

苗我白先是沉默,然后说:"我要抓住杀害文然的凶手,给文然报仇。"

"你?抓杀害文然的凶手?"苗我绿难以置信。

苗我白点头。

苗我绿问:"你请了一个月假,就为这事?找凶手?"

苗我白点头。

"找凶手干吗要学开车?"苗我绿问。

"方便。"苗我白说。

"你买汽车了?"

"……没有……"

"没汽车拿驾驶执照干什么?"

"……"

"我听鲍蕊和苗我红说,警方怀疑你有一辆汽车,你还在汽车上挂了人家公安局局长的汽车牌照,有这事吗?"

"……"

"你缺钱?你忘了咱爸的临终遗言:不轻视钱,不重视钱。你可不能为了钱铤而走险。"

"……"

"你必须告诉我!"苗我绿从苗我白的表情上看出警方的怀疑并非空穴来风。他急了。

苗我白出了口长气。

苗我绿严肃地对苗我白说:"如果你不告诉我实情,就不能离开我家。咱们家世世代代是守法的正经人家,我不能允许任何人败坏家名,有辱祖先。"

苗我白说:"哥,你怀疑我了。没有起码的信任,咱们没法儿谈。"

"不是我怀疑你,是你做的这些事不能不让我怀疑。我只问你一句:你有没有一辆没有牌照的黑车?"

苗我白不说话。

苗我绿说:"你怎么不回答我?不回答就说明有!哪儿来的?攒的?抢的?"

"……"

"你还有同伙给你开车?是男的还是女的?第三者?否则那车能自己行驶?"

苗我白看表。

苗我绿走到窗口往楼下看:"有人等你?"

苗我白说:"哥,你说人死后有鬼魂吗?"

苗我绿不明白弟弟的意思,他眯起眼睛看苗我白。

苗我白说:"如果你信世界上有鬼,我可以告诉你真相。"

苗我绿迷茫地看着弟弟。

苗我白站起来:"如果你不信,我和你说了也没用,弄不好你还把我送到精神病医院去。"

苗我绿心里一动,莫非苗我白精神失常了?随着社会竞争的日趋激烈,精神失常的人越来越多。

苗我绿决定顺着苗我白说,如果他判断苗我白精神确实出了毛病,他就稳住苗我白,然后偷偷让鲍静给医院打电话,强制送苗我白去精神病医院接受治疗。

苗我绿说:"好,我信世界上有鬼。你说实情吧。"

苗我白说:"最近,我半夜总是被楼下汽车的防盗器报警声吵醒,你知道,我只要醒了就睡不着。可是奇怪的是报警声只有我能听到，鲍蕊和其他业主都听不到……"

苗我绿的头在不知不觉中歪着看苗我白。

苗我白说："哥，我看出你不信我的话。"

苗我绿赶紧将头颅恢复到中轴线，说："我信，我信。"

苗我白说："昨天凌晨，汽车报警器又响了，我看身边的鲍蕊，她根本听不见。我下楼看究竟……"

苗我白从崔文然以鬼车的形式出现一直说到二十分钟前崔文然将他送到苗我绿的楼下。

苗我绿坚信弟弟精神失常，泪水充溢他的眼眶。

苗我白感动："哥，你信了？谢谢你！"

苗我绿一边擦眼泪一边说："你坐着，我去趟卫生间。"

苗我绿推开卧室的门，鲍蕊和鲍静异口同声地问："怎么样？"

苗我绿哽咽："他疯了。精神失常。"

鲍蕊瞠目结舌："疯了？怎么会？"

鲍静问苗我绿："你没搞错？"

苗我绿说："我在美国时见过一个美国同事精神失常，就是这样。那个同事说见到鬼了。刚才苗我白也对我说见到鬼了，他还说那辆汽车是鬼车，是崔文然的鬼魂变的。"

鲍静叹气："看来是疯了。"

鲍蕊问："如果只是苗我白疯了，怎么连警察也看到那辆车了？"

苗我绿说："警察老破不了案，是不是一急也看花了眼？要不怎么会盯着一辆汽车却不知道它什么时候开走的？"

鲍静说："也许苗我白精神失常后，真的弄来一辆汽车？以他的技术，没有钥匙开走别人的汽车还不易如反掌？"

苗我绿说："不管怎么说，我先去稳住他，你们立刻打120叫救护车来，咱们把他送到精神病医院去检查。"

鲍蕊哭了。

鲍静对丈夫说："你快去稳住他，我这就打电话叫救护车。"

苗我绿回到书房，苗我白站起来，说："哥，我得走了。文然还在等我。我们得尽快找到那个浑蛋，他昨天下午又杀人了，还摘除了死者的心脏。我们不能再让他为非作歹了！"

苗我绿拦住苗我白："你不能走，再坐会儿，我还有话对你说。"

苗我白说："我不能待了，我今天一定要找到凶手，也是为了让咱们家的人尽早摆脱警方的误判。"

苗我绿拖延时间："你说文然在楼下等你，你指给我看，她在哪儿？"

苗我白说："她隐形了，你看不见。"

"你看得见？"

"我也看不见。"

"那你怎么跟她联络？"

"我和她约定有口令，只要我说口令，文然就会出现。"

苗我绿看表，他在估算急救车抵达的时间。

苗我白拉门："哥，我必须走了。"

苗我绿用身体挡住门，说："你不能走。楼下有警察等着你。"

苗我白说："警察不是崔文然的对手，他们拦不住我们。更何况我们是去抓坏人。哥，你让我走。"

苗我绿不动。

苗我白吃惊地看着哥哥："你这是？"

苗我绿隐约听到急救车的鸣笛声，他索性摊牌："我白，你精神出问题了，我叫了急救车，送你去医院治病。"

苗我白愣了："哥，你没信鬼车？你骗我？"

苗我绿摇头："我白，放谁也会这么做，我这是为你好。"

苗我白急了："哥，如果我现在让文然显身，你亲眼见了，你就信了？"

苗我绿说："如果你能让鬼车出现在这儿，我要是不信，我就不是你哥。"

苗我白说："文然，来！"

鬼车出现在苗我绿的书房里，将写字台和椅子挤得粉碎。

苗我绿脸色煞白，两个眼眶迅速实现统一，眼球丧失眼眶的束缚后相继掉在地上。

苗我白捡起哥哥的眼球，吹掉上面的尘土，塞回哥哥的眼眶。

苗我白拉开车门，将哥哥推进鬼车，苗我白打开收音机。

崔文然说："哥，你好，我是文然。对不起，弄坏了你的写字台。嫂子好吗？"

苗我绿的舌头打了结，无法正常支持声带发音。

苗我白掰开哥哥的嘴，将他舌头上的结解开。

崔文然说："哥，你好。"

苗我绿嗫嚅："……你好……真的是你……文然……"

"是我，哥，千真万确。你一定要相信。如果我没死，我也不会信。但你亲眼见了我，你应该相信。请你支持我和我白找那个恶棍，我们这是为民除害呀！不能再让他杀人了！"崔文然哭着央求苗我绿。

苗我白在一旁说："哥，你如果还不信，你就是在包庇那个凶手！"

苗我绿说："我都亲眼看见了，我怎么能不信？相信亲眼所见的东西是科学的基础呀！"

楼下传来救护车的声音。

苗我绿说:"糟了,救护车来了!怎么办?"

崔文然说:"我隐身了,哥,你支走他们。"

苗我白将哥哥从鬼车里扶出来,崔文然消失了。

书房里凌乱不堪。

门铃声。

鲍静和鲍蕊领着急救人员推开书房的门。

书房里的景象令鲍静和鲍蕊大吃一惊。

鲍静问苗我绿:"他打你了?"

苗我绿说:"你胡说什么?我白怎么会打我?"

"那这屋子里是怎么搞的?"鲍蕊问。

没等苗我绿说话,救护人员问鲍静:"哪个是患者?"

鲍静指着苗我白说:"是他。"

救护人员将担架放在地上,对苗我白说:"你躺上来,我们送你去医院。"

苗我白说:"我没病,去医院干什么?"

几个大概是专门对付精神病患者的身强力壮的救护人员一拥而上,强行将苗我白按在担架上。

苗我绿急了:"你们干什么?"

救护人员看鲍静:"两个患者?"

鲍静惊讶地问苗我绿:"不是你让我打电话叫救护车的吗?"

苗我绿说:"刚才我弄错了,现在我搞清楚了,我弟弟没事。"

鲍蕊问苗我绿:"没事?这屋里有你们打斗的痕迹呀!"

苗我绿对救护人员说:"对不起,刚才我误以为我弟弟得了精神病。现在我向你们道歉。"

一个救护人员说:"道歉就行了?您得支付里程费。"

苗我绿对鲍静说:"你去给他们拿钱。"

苗我白从担架上站起来。

救护人员走后,苗我绿对鲍静说:"你和鲍蕊再去卧室待会儿,我和苗我白说几句话。"

鲍蕊在去卧室的路上小声问姐姐苗家是否有家族精神病史。

苗我绿关上门,问弟弟:"你现在一下楼,就会被警察盯上。是那个姓杜的警察救了鲍蕊,鲍蕊已经成了杜警察的卧底了,你要当心。"

苗我白说:"这我不奇怪。鲍蕊是有正义感的人,如果她怀疑我做违法的事,她百分之百会和警方合作。"

苗我绿说:"为了不让警方干扰你和文然找凶手,一会儿我先下楼,缠住警察,你再下楼找个僻静的地方让文然显身。"

苗我白感动:"哥,谢谢你。"

"我下去了。"苗我绿说,"你跟在我后边下楼,在单元门洞里等着,你看到我和汽车里的警察说话时,你就顺着墙往西走,拐过楼角就让文然出来。"

苗我白说:"盯我的警察都穿便衣。"

苗我绿说:"文然遇难时我见过那位杜警探,我还记得他的模样。"

苗我绿和苗我白一前一后下楼。

苗我绿很快就发现了坐在一辆汽车里的杜岩水。

苗我绿凑过去对杜岩水说:"杜警官,您还认识我吗?"

杜岩水故意说:"不认识,您认错人了吧?"

"我是苗我白的哥哥。"苗我绿的身体挡住杜岩水的视线,使得他看不到单元门口。

杜岩水侧头。

车里的孟雷突然大喊："杜头儿，苗我白从东边溜了！"

杜岩水推开车边的苗我绿，喊："快追！"

苗我绿听到汽车里不知谁说："连苗我白的哥哥也是同案犯？"

苗我绿回到家里，鲍静质问他："你掩护苗我白逃跑？"

鲍蕊说："哥，你怎么能干扰杜警探办案？"

苗我绿说："我这是帮杜警探的忙。苗我白是和崔文然去抓凶手！"

鲍蕊和鲍静面面相觑。

姊妹俩不约而同问苗我绿："你说苗我白和谁去抓凶手？"

"和崔文然呀！"苗我绿理直气壮。

鲍静伸手摸苗我绿的额头。

鲍蕊小声对姐姐说："没听说过精神病会传染呀！"

苗我绿说："鲍蕊，最近是不是苗我白经常在半夜听到楼下汽车报警？而你和邻居都听不见？"

鲍蕊恍然大悟："这可能正是苗我白精神失常的表现。"

苗我绿说："你想错了。那是崔文然的鬼魂在通知苗我白下楼见她。"

鲍静生气了："苗我绿，你还有完没完？"

苗我绿将鬼车的事告诉鲍静姊妹。

鲍静和鲍蕊哭笑不得。

苗我绿指着杂乱不堪的书房说："刚才我让你们给医院打电话后，我回到书房，崔文然变的鬼车出现在书房里，由于房间面积不够大，鬼车把写字台给挤散了架。"

鲍蕊和鲍静低头察看。

苗我绿发现了新大陆，说："你们看，这里还有车辖辘印！"

鲍蕊和姐姐确实看见了车轮印。她俩难以置信。

鲍静问苗我绿："你是说，崔文然的魂变成一辆汽车，和苗我白联手去找杀她的凶手？"

"千真万确。"苗我绿说。

鲍蕊发呆："人死了有鬼魂？"

苗我绿说："要不崔文然是个案？"

鲍蕊哭了，苗我绿和鲍静都看得出，鲍蕊的哭是那种失去丈夫的哭，或者说，丈夫被别的女人夺走的哭。

鲍静也哭了，她对鲍蕊说："姐对不起你。"

苗我绿这才意识到，对于鲍蕊来说，鬼车的出现，意味着丈夫苗我白和死去的前妻复婚。

第十三章

杜岩水推开苗我绿后，驾车追苗我白。前方是一个丁字路口。

杜岩水对孟雷说："我直走，你下车拦出租车往左找。"

孟雷下车后，杜岩水单枪匹马往前开，找苗我白。

杜岩水一边开车一边咬牙切齿："苗我白，你跑不了！"

正值上班高峰，路上的汽车越来越多，车速越来越慢。杜岩水发挥自己的优势，他拿出警笛吸在车顶上。杜岩水的汽车呼啸着警笛驶入便道朝前开。

苗我白听到身后的警笛声，他对崔文然说："警察追上来了。怎么办？你隐身？"

崔文然说："我隐身后，他们肯定缠着你，咱们就不能找坏蛋了。甩掉他们！"

苗我白担心："路上这么多车和人，不会出交通事故吧？"

"你别忘了我是鬼车。"崔文然说，"绝对不会撞上。你坐好，我要让警察开开眼。我生前开出租车时老被他们管。"

苗我白系上安全带。

崔文然并没有马上提速，她在等警察的车靠近，然后和他们斗车技。

杜岩水看见了鬼车，他从便道上逼近鬼车。

就在杜岩水的车即将和鬼车平行时，崔文然突然变更车道，驶上便道，挡在杜岩水的前边，然后加速向前行驶。做逃跑状。

杜岩水大怒："苗我白，吃了豹子胆了你！"

杜岩水驾车追，他看见鬼车里只有苗我白一个人坐在驾驶员的位置上。

鬼车在便道上横冲直撞高速行驶，杜岩水在后边响着警笛紧追不舍。

行人四散躲避。道路上的司机们瞠目结舌。

苗我白回头看，他告诉崔文然："是杜警探，就他一个人。"

杜岩水对于苗我白在如此复杂的路面上高速行驶时竟然还能回头看他大感不解。

鬼车的前方是一座人行过街天桥。

崔文然对苗我白说："坐好，我上桥甩他！"

苗我白吃惊："汽车上人行过街天桥？"

崔文然一路响着喇叭走楼梯驶上人行过街天桥，杜岩水在惊愕之余也驾车上了楼梯。

崔文然说："这小子车技还行。"

鬼车驶过过街天桥，下楼梯。杜岩水紧跟。

驶离过街天桥后，崔文然掉头往回开，杜岩水也掉头。

在一个十字路口，崔文然闯红灯。

在路口值勤的交通警刚要拦鬼车，他突然看见鬼车上的牌照号码，交通警立正向鬼车敬礼。

杜岩水骂道："笨蛋！就算是局长闯红灯，你也要管呀！"

崔文然在车水马龙的路面上游刃有余地高速行驶，杜岩水在后边紧咬不放。

崔文然再次对苗我白说："这小子车技还凑合。"

杜岩水心说："苗我白不光是修车行，开车也非同小可，这种技术，还上什么驾校？"

崔文然突然大喊："我看见一个人，很像是杀我的凶手！"

苗我白也喊："在哪儿？"

崔文然说："进路边那座楼了！"

苗我白说："怎么办？"

崔文然说："开进去找他！"

鬼车向右拐，撞翻隔离墩，跨越绿化带，朝那座大厦驶去。

杜岩水紧跟。

崔文然竟然响起警笛，她从大门冲进大厦，保安大惊失色。

令杜岩水百思不解的是，他明明看见鬼车就要撞人了，可在撞人前的一刹那，鬼车竟然躲开了，而它无路可躲！

鬼车在大厦里追凶手，杜岩水步步紧跟，他还是头一次把汽车开进建筑物，汗水湿透了他的衣服。

崔文然追上那男子。

"轧死他！"苗我白喊叫。

崔文然失望："不是他！太像了，但不是。"

苗我白叹气。

大厦里响起警报声，保安急中生智拉响了火警警报器。

崔文然从侧门驶离大厦，她将一扇玻璃门撞得粉碎。

杜岩水将玻璃门的另一扇撞碎。

苗我白对崔文然说："杜警探够坏的，他明明可以走你撞坏的门，他是故意撞另一扇门，找刺激。"

崔文然说："还真甩不掉他。咱们去高速公路，我就不信他能将时速开到三百公里！"

鬼车朝高速公路驶去，杜岩水紧跟。

在接近高速公路的路段，汽车越来越少。崔文然将时速提高到一百八十公里。

杜岩水在一个转弯处由于车速高翻了车。

苗我白对崔文然说:"停车!"

崔文然急刹车,问:"怎么了?"

"杜警探翻车了。"

崔文然松了口气:"终于把他甩了。"

苗我白说:"咱们应该回去看看他吧?万一是重伤呢?听我哥说,今天早晨他救了鲍蕊。"

崔文然同意。

鬼车逆行开到杜岩水的汽车旁边停下,杜岩水的汽车底朝天,四个轮子还在敬业地转。

苗我白蹲下往车厢里看,杜岩水脸上有血,昏迷了。

苗我白拽开车门,将杜岩水拖出来,他摸杜岩水的脉搏,还活着。

苗我白将杜岩水拖向鬼车,他要用鬼车送杜岩水去医院。

当苗我白费劲将杜岩水拖到鬼车旁边时,杜岩水突然掏出手铐将苗我白的一只手铐上了,杜岩水再将手铐的另一半铐在鬼车的倒车镜上,整个过程不到三秒钟。

"人赃俱获,看你还往哪儿跑?"杜岩水得意地笑。

"你这是恩将仇报。小人。"苗我白撇嘴。

杜岩水说:"杀了那么多出租车司机,你是君子?"

苗我白摇头:"以你的智商,怎么能当警探?"

崔文然隐身。

苗我白故意问杜岩水:"你刚才说什么?人赃俱获?赃在哪儿?"

杜岩水这才发现鬼车没了,手铐在苗我白的一只手上吊着。

杜岩水诧异："你搞什么鬼？你会特异功能？"

苗我白说："这世界上，你不知道的事还多着呢。"

杜岩水两眼发直。

苗我白抬起戴手铐的那只手："要么你把我两只手都铐上，要么你给我打开。"

杜岩水掏出钥匙，给苗我白开手铐。

苗我白伸手进裤兜，杜岩水快速掏枪。

苗我白拿出湿纸巾，递给杜岩水："紧张什么？我能有枪？擦擦你脸上的血吧。"

杜岩水收起枪，擦脸上的血迹。

苗我白坐在地上，杜岩水也坐下。两人面对面。

苗我白说："拜托你不要再去骚扰我的亲人了。"

杜岩水说："可以。但有一个条件，你告诉我那辆汽车是怎么回事。"

苗我白告诉他崔文然变鬼车找凶手的事。

杜岩水说："你可以改行当作家。"

苗我白说："我管作家叫文字编程师。我当不了文字编程师，我没有想象力。"

"你还没有想象力？你写《聊斋》续集没问题。"

杜岩水的手机响了。他接电话。

鲍蕊问："杜警探，找到苗我白了吗？"

杜岩水看了苗我白一眼。

听得一清二楚的苗我白站起来回避杜岩水打电话，他说："这么快就有线民了。"

杜岩水脸红了。

"杜警探，是你吗？"鲍蕊问。

"是我，我找到他了。"杜岩水看着走到一边的苗我白，说。

"我告诉你，苗我白的那辆汽车是鬼车，是崔文然的鬼魂变的。"

"你信？"

"苗我绿亲眼看见了。崔文然是来找凶手报仇的，你别为难他们了。"

"……"

"你在哪儿？抓住苗我白了？"

"我们在谈话。"杜岩水告诉鲍蕊方位。

"这样吧，我马上赶去。如果苗我白能当着咱们的面弄出鬼车，你就支持他找凶手？"

杜岩水对于鲍蕊使用"咱们"感到惬意。

"你来吧。"杜岩水挂断电话。

苗我白走过来，说："你的线民又给你提供什么情报了？"

杜岩水尴尬地说："你有一个深明大义的好妻子。"

"你喜欢大义灭亲的人？"

杜岩水所答非所问："将自身的优点误判为缺点，是人生的悲剧。"

苗我白说："缺点也许是财富。优点可能是包袱。"

杜岩水点头和摇头同步进行。

鲍蕊乘坐出租车赶来了，她暗暗看杜岩水头上的伤，杜岩水也悄悄看鲍蕊头上的伤。苗我白注意到这个细节。自从崔文然昨天出现后，苗我白一直为如何安置鲍蕊左右为难。看到鲍蕊和杜岩水互有好感，苗我白乐观其成。

苗我白对鲍蕊说："你来了。"

鲍蕊说："真的有鬼车？崔文然真的回来了？"

苗我白点头。

鲍蕊说:"我夜里去哥哥家的途中,碰到了坏人,是杜警探救了我。我刚才和他在电话里说了,如果你能让鬼车出现给我们看,他就支持你和崔文然找凶手。"

苗我白问杜岩水:"你是说话算数的人吗?"

"基本上是。"杜岩水说。

"文然,来!"苗我白说。

鬼车显身。

杜岩水和鲍蕊尽管事先有准备,他们的伤口在心脏突然加压的情况下,还是决了堤,鲜血重新涌出。

两人互相擦血。

苗我白转过身去假装没看见。

鲍蕊问苗我白:"你怎么能证明这辆汽车是崔文然?"

苗我白拉开车门:"上车吧。"

大家上车。

苗我白打开收音机。

苗我白对崔文然说:"文然,我给你介绍一下。这位是杜警官杜岩水,他负责你的案子。这位是我的后妻鲍蕊。"

崔文然说:"你们好。我是崔文然。杜警官,谢谢你费心。"

杜岩水说:"……我失职……你现在是……"

"鬼魂。"崔文然说。

鲍蕊对崔文然说:"大姐,祝贺你和苗我白团聚。"

崔文然说:"对不起,如果不是想报仇,我不会来干扰你的生活。"

鲍蕊说:"我是真心祝福你们。"

苗我白对身边的杜岩水说:"我经常从外国电影上看到,警察在破案时，会和当事人里的女性一见钟情，咱们国家没这种事吧？"

杜岩水尴尬。

崔文然说："苗我白的意思是希望咱们这儿也有这种浪漫的事。"

苗我白回头对坐在后座的鲍蕊说："我希望你幸福。"

鲍蕊的脸上感激与兴奋齐飞，血迹共红晕一色。

杜岩水问崔文然："凶手几个人？"

"一个。年轻男性。"

"长什么样？"

崔文然描述。杜岩水记录。

苗我白对杜岩水说："兑现你的诺言吧，我们要去找凶手了。"

杜岩水说："这是我的名片，如果找到他，请给我打电话。我会根据崔文然的描述，让我们局的专家绘出凶手的画像。"

苗我白问杜岩水："你回去对你的同事说鬼车的事？"

杜岩水说："我如果回去说鬼车，说完我就会被强制离开刑警队。"

"去哪儿？"鲍蕊问。

"精神病医院。"杜岩水说。

苗我白想起什么，对杜岩水说："对了，你现在打个电话。"

"给谁打？"

"车管所所长。你走后，他把我妹夫调去看大门了。"

"有这种事？"杜岩水当即给车管所所长打电话。

"太不像话了。"苗我白说，"见义勇为的英雄的家属竟然蒙受不白之冤。"

杜岩水拨通所长的电话："我是杜岩水。昨天我去贵所找金连庆是为了迷惑敌人，金连庆的大舅子是我的卧底，今天立了大功。听说你调了金连庆的工作？赶紧恢复！如果能提拔重用更好。那小伙子我一看就知道是好样的。"

车管所所长连连答应。

一辆交通警巡逻车停在鬼车附近，车上的交通警看见了翻在路边的杜岩水的汽车。

苗我白说："我们走了，去找那浑蛋。你们下车应付交警吧。"

杜岩水问苗我白："能把你的手机号码告诉我吗？"

苗我白说："你问鲍蕊吧。"

杜岩水和鲍蕊下车。

杜岩水对苗我白说："当心那小子有凶器，发现了最好叫我。"

交警过来指着鬼车问杜岩水："这车怎么回事？肇事车？"

杜岩水指指车牌，说："你看这是谁的车？"

交警一看车牌是86531，赶紧敬礼。

鬼车一溜烟走了。

第十四章

苗我绿到办公室后，无法安下心来工作，只要一闭上眼睛，鬼车就出现在苗我绿眼前。

助手罗建发现苗我绿异常，他问："苗工，身体不舒服？"

"晚上没睡好。"苗我绿说。

"苗工是为治理大气污染不见效急的。"罗建说。

苗我绿看了一眼办公室墙上的倒计时牌，他的眉头紧皱。

苗我绿回国很想干一番大事业。他把在世界运动会前将这座城市治理得蓝天碧水视为自己的机会。苗我绿不是那种在事业上永不满足的人，他想好了，只要治理环境成功，他就急流勇退。苗我绿的父亲曾经给他写过一句《史记·范雎蔡泽列传》中的话：成功之下，不可久处。

苗我绿一直珍藏着父亲给他书写的这幅字。

电话铃响了。苗我绿接电话。

"苗我绿。"苗我绿接电话的习惯是先自报家门。

"苗工，我是老周，你来一趟。"周局长挂上电话。

苗我绿去楼上周局长的办公室。

市环保局局长的办公室堪称绿色办公室，没有装修。

周局长说："苗工，市长刚才来电话了，他说市人大代表询问咱们局的环保工作，对咱们明显不满。市长说了，如果空气污染依然这么严重，他只有换人了。苗工，我的座位坐不牢，你也得走人。"

周局长脸色很难看。

苗我绿说："局长，我正在想办法。现在主要的问题是机动车。电喷的汽车污染环境并不比化油器的汽车少，这主要是汽车制造厂行贿，使得监测人员放宽监测标准。装了三元催化器的化油器汽车更污染环境，还不如不装。"

周局长问："为什么？"

苗我绿说："三元催化器在汽车行驶六公里后才起作用，而城里的汽车出行大多数每次不足六公里。还有，三元催化器在使用六千公里后必须更换，否则会排放一氧化二氮，您知道，一氧化二氮在温室效应方面的负作用比二氧化碳还高。"

周局长说："我重用你，就是看中你的美国学历。如果你在两周内还拿不出新的方案，我只能换人了。"

苗我绿擦汗："我尽力，一定在两周内拿出新的治理大气污染方案，如果还不行，我会主动辞职。"

周局长叹了口气："没有风的日子，咱们这座城市就像桑拿浴室，烟雾弥漫。作为环保局局长，每逢城市变成桑拿浴室，我就无地自容。"

苗我绿说："无地自容的应该是我。"

"去抓紧时间制订新方案吧，我觉得你有这个能力。"周局长软硬兼施。

苗我绿回到自己的办公室。

罗建看到苗我绿脸色不好，他过来问："苗工，局长说什么？"

苗我绿说："市长给周局长施压了，大气污染的事。我想单独待会儿，不见人，不接电话。"

"明白了。我给您挡驾。"罗建离开苗我绿的办公室。

往常每逢苗我绿在办公室独处,就意味着他要出方案了。

苗我绿靠在椅子上,他清楚如果他由于无法治理本市的大气污染而被革职,他就是一个地道的失败者。他不能接受这样的结局。

而苗我绿觉得自己在两周内拿出有效的治理大气污染的方案几乎不可能。他身体前倾,双肘按在办公桌上,双手插进头发,构成一幅标准的山穷水尽画面。

苗我绿闭上眼睛,鬼车出现在黑暗中。

苗我绿心中突然一动,一个念头转瞬即逝,苗我绿赶紧抓住它。

苗我绿猛然抬起头,他的双手同时从头发里撤离,砸在办公桌上。一幅典型的柳暗花明又一村画面。

苗我绿想:既然崔文然死后能变鬼车,别的人死后为什么不行!鬼车不燃烧汽油,自然没有汽车尾气。没有尾气,绝对不会污染大气。此外,鬼车随时可以消失,没有停放占地的问题;鬼车是无人驾驶汽车,无须司机,而且不会出交通事故;还能为人类节省多少能源!

苗我绿越想越激动,普及鬼车简直是有百利而无一害的利国利民的大好事!

苗我绿现在最需要知道的,是本市每天的死亡人数。苗我绿清楚,本市现有机动车一百万辆,如果取代这一百万辆汽车,需要一百万辆鬼车。苗我绿直觉到让老鬼变鬼车比较难,但是在人濒死时做他们死后变鬼车的工作比较容易,谁不愿意死后依然和亲人在一起?如果本市的死亡人数在一年内能达到一百万人,苗我绿治理本市大气污染就大功告成了:他能在举办世界运动会的前一年将这座城市变得清新透明蓝天碧水。

苗我绿兴奋地站起来,他在办公室里伸展双臂。苗我绿坚信,崔文然和苗我白会全力以赴支持他的伟大创举。

苗我绿打电话叫罗建来。

罗建一进苗工的办公室就看出苗我绿脸上的大气污染荡然无存。

罗建兴奋:"苗工,有办法了?"

苗我绿稳操胜券地点点头,说:"你跟我去一趟民政局和火葬场。"

罗建以为自己听错了:"去哪儿?"

"民政局和火葬场。"苗我绿重复。

"去民政局?还有火葬场?"罗建纳闷儿。

"快走。"苗我绿先离开办公室。

罗建赶紧抢在苗我绿前边下楼发动汽车。

罗建驾驶汽车拉着苗我绿去民政局,苗我绿坐在副驾驶的位置上。

罗建在路上不停地换挡。

苗我绿对罗建说:"无人驾驶的汽车很快就会在本市的道路上出现。"

毕业于大学汽车系的罗建惊讶:"很快?无人驾驶汽车?不可能吧?"

苗我绿说:"何止无人驾驶,连汽油都不用。"

"以柴油为原料?"

"也不用柴油。"

"天然气?"

"什么都不用。"

罗建侧头看苗我绿,苗我绿脸上全是憧憬。

罗建说："不可能吧？"

苗我绿说："今天你就会相信。"

罗建笑着摇头。

到民政局后，罗建停好车，问苗我绿去哪个部门。

苗我绿说："殡葬处。"

罗建再次诧异："火葬污染大气？"

苗我绿说："一会儿告诉你。"

殡葬处处长接待苗我绿。

苗我绿开门见山："本市每天的死亡人数？"

处长说："平均五千人。"

苗我绿心算后脸上露出了笑容："太好了！"

处长和罗建吃惊。

苗我绿说："一天死五千人，一年就是一百八十万人，足够了！"

处长看完苗我绿看罗建，再重新看苗我绿的名片。

罗建尴尬。

处长问苗我绿："环保局干吗调查本市每天死多少人？"

苗我绿满面春风地说："这对改良本市的大气污染很有用。"

处长不解："死亡人数和治理大气环境有什么关系？"

苗我绿说："过不了多久你就会知道，这肯定是震动世界的新闻。"

处长成了丈二和尚。

离开殡葬处，罗建问苗我绿去哪座火葬场。

苗我绿说："不用去火葬场了，回局里，制订方案！"

苗我绿一路笑，罗建只能跟着傻笑。

罗建几次问苗我绿新方案的内容，苗我绿说一会儿你就知道了。

回到办公室，苗我绿对罗建说："我口授，你打字。"

罗建打开电脑。

苗我绿一边在办公室里来回走一边口授新方案的文字。罗建记录打字。

苗我绿说："书名号。关于治理本市大气污染的三号方案。书名号。"

罗建快速打字。

苗我绿说："另起一行：抄送局长、副局长、本局各处室。"

敲击键盘声。

苗我绿继续说："另起一行。以下是正文。"

罗建敲击回车键。

苗我绿走到窗前，注视着楼下的车水马龙，说："本市的大气污染目前主要是由汽车尾气造成的。不杜绝汽车尾气，本市的大气污染就不可能彻底改善。"

罗建插话："杜绝汽车尾气？"

苗我绿："是的，杜绝汽车尾气。"

罗建问："汽车尾气怎么能杜绝？是治理吧？"

苗我绿说："是杜绝。你打吧。"

罗建只能服从，但他脸上严重污染。

苗我绿说："事实证明，人死后，是有鬼魂的。鬼魂可以鬼车的形式出现。"

罗建扭头看苗我绿。

苗我绿催促："打呀！"

罗建："苗工，这可是抄送局长的报告。"

苗我绿说："当然，我负责。不管我说什么，都请你一字不差地打出来，不要再打断我的思路。"

罗建双手攥拳敲了敲自己的头，拿出赴汤蹈火的架势，打字。

苗我绿继续口授："鬼车无须燃烧能源，没有尾气，是真正的绿色环保机动车。本市平均每天死亡五千人，一年死亡一百八十万人。本市目前拥有机动车一百万辆。就是只有一百万人在死后变成鬼车，我们也能在一年之内用鬼车取代现有全部机动车。这样，我们就可以在世界运动会召开的前一年将本市的大气污染彻底治理。具体实施方案……"

罗建腾云驾雾般打字。

苗我绿最后说："打完了？你校对一遍，马上打印出来。"

罗建问："打印多少份？"

"局长，两位副局长，加上各处室，一共二十三份。"苗我绿说。

打印机忙碌着，罗建看着从打印机里吐出的纸张发愣。

苗我绿拿着打印出的第一份《关于治理本市大气污染的三号方案》审看。

苗我绿对罗建说："我去周局长那儿。你将其他的送给两位副局长和各处室。"

罗建说："苗工，你真的要把这份报告送给局长？"

苗我绿笑："当然。局长不批准，咱们不能施行呀！"

罗建的眼神由恐怖和惊诧合成。

苗我绿三步并作两步上楼敲周局长办公室的门。

"进来。"周局长批准。

苗我绿几乎是扭着秧歌出现在周局长面前的。

周局长看出苗我绿带给他的是喜讯。

苗我绿将《关于治理本市大气污染的三号方案》放在局长的办公桌上。

周局长吃惊："这么快！"

苗我绿说："周局长，全解决了！而且是彻底根治！"

周局长大喜："真的？毕竟是美国留学归来的人才，不一样就是不一样。"

周局长看苗我绿的《关于治理本市大气污染的三号方案》。他的脸色渐渐变了。

"苗我绿！你搞什么名堂！"周局长勃然大怒，"都什么时候了，你还开玩笑！"

"周局长，这不是玩笑，是真的。我的弟妹死后变成了鬼车，我今天早晨亲眼看见的。"苗我绿说。

周局长的头先是往左歪，再往右歪，他的头这么来回动着看苗我绿。

苗我绿急了："周局长，你一定要相信我，我怎么敢拿这么大的事开玩笑？"

周局长说："苗工，你在这里坐一会儿，我马上回来。"

周局长下楼找到罗建。

"苗工是怎么回事？"周局长劈头就问。

"是不是压力太大，精神失常了？"罗建哭丧着脸向局长汇报苗我绿去民政局的过程。

周局长自责："是不是我今天对他太严厉了？"

罗建问局长："怎么办？"

周局长想了想，说："你跟我去我的办公室，咱们开导他，如果他还执迷不悟，我给你眼色，你联系送他去医院。"

罗建跟着周局长走进局长办公室。

苗我绿对他们说："如果我让鬼车出现在你们面前，你们就信了。"

第十五章

苗我绿在周局长的办公室里当着局长和罗建给苗我白打电话。

周局长和罗建坐在沙发上看着苗我绿,苗我绿使用局长办公桌上的电话机。他有意使用免提功能,以使周局长和罗建能将苗我绿和弟弟的通话听得一清二楚。

苗我绿问:"苗我白,我是你哥。"

"哥,我已经和杜警探握手言和了,他不会再干扰我和文然找坏蛋了。我还得谢谢你。"苗我白说。

"你们现在干什么呢?"

"在大街上找凶手。"

"我有事求你和文然。"

"你说。怎么还'求'?"

"是这样,你知道,在世界运动会前改善咱们市的大气污染由我负责。"

"哥肩头的担子很重,也很光荣。"

"今天我一上班,我们局长就对我说,如果两周内我还拿不出有效治理本市大气污染的方案,我就得被炒鱿鱼。你知道,污染本市的工厂都迁走了,烧暖气也由煤改成了天然气,但是大气污染依然不见好转。由此可见,大气污染的罪魁祸首是汽车尾气。"

"是。"

"我刚才灵机一动,既然文然死后能变鬼车,别的人死后也应该能变!如果在本市用鬼车取代现有机动车,大气污染将不复存在,鬼车是不烧油的呀!没有尾气!"

"……"

"我能跟文然说两句吗?"

周局长和罗建都知道苗我绿的弟媳叫崔文然,她在两年前被杀害了。周局长和罗建面面相觑。

苗我白说:"哥,文然和你说话。"

崔文然:"哥,你刚才说的我都听见了。"

苗我绿说:"文然,你听我说。你是有正义感和同情心的人,否则你不会不顾疲劳非要找到那凶手,有一句古话叫'生为徭役,死为休息'。你获得了休息的机会,却宁愿再当徭役找那凶手为民除害,高风亮节呀!咱们这座城市有这么多人呼吸着污染严重的空气,等于全市市民集体被凶手杀戮,你不会见死不救的。如果能用鬼车取代现有汽车,等于擒获了凶手,救了所有市民。你说对吗?"

"哥,你刚才说得对,生为徭役,死为休息。死的人都特懂这个道理。我估计除了我,不会有别的鬼魂傻到重新当徭役。我可能很难说服别的鬼魂,咱们市有一百万辆汽车吧?"

"我想好了,我们不去做已经死的人的工作,我们做将死的人的工作,动员濒死的人在死后变成鬼车。这样做一举数得:永远和亲人团聚;减轻家人的财政支出;改善家人的居住环境。何乐而不为?"

"是不错,真的不错。只可惜那些濒死的人无法休息了,不过为了活着的亲人,相信有人会愿意做出牺牲甘当徭役。您要我做什么?"

"我们局长不信鬼车,你来让他亲眼看看。没有他的批准,我不能实施鬼车工程。"

"没问题。这就去？"

"现在就来，我在环保局大门口等你们。一会儿见！"

苗我绿按电话机上的免提键终止通话。

苗我绿得意地看周局长和罗建。

周局长和罗建耳语："会不会是团伙精神病？"

罗建不置可否。

苗我绿说："周局长，我再用一下你的电话。我把我妻子叫来，让她带上摄像机。我预料，以后会不断有人不信鬼车，包括各级领导。咱们索性拍摄下来，铁证如山，不由得他们不信。"

苗我绿给鲍静打免提电话。

苗我绿对鲍静说："你不是不信崔文然变成鬼车了吗？崔文然答应马上来我们环保局表演给周局长看。"

鲍静大惑不解："干吗让周局长看？"

苗我绿解释。

鲍静说："使用推广鬼车的方法净化本市空气？"

"怎么样？"

"如果成功，当然好！"

"你立即带摄像师来我们局，把鬼车拍摄下来。这录像带很有价值吧？"

"当然。我这就去！"

苗我绿挂掉电话，他看着周局长和罗建，一言不发。眼神在说：

"你们还不信？"

周局长沉默，过了一会儿，他对罗建说："你给我冲一杯咖啡，浓一点儿。咖啡在柜子里。"

罗建说:"我能也给自己冲一杯吗?"

周局长点头。

罗建和周局长的脑细胞借助浓咖啡加速工作。

苗我绿双臂抱在胸前看他的上下级转变观念,苗我绿清楚地听见周局长和罗建的脑细胞高速运转的声音。

周局长说话的声音很小,像从美国回来的人:"怎么可能?"

罗建说:"太不可思议了。"

苗我绿说:"我现在什么也不说了,一会儿你们看了,就信了。要不要通知全局处级以上干部到大门口集合共同观看?"

周局长说:"我看了就行了。"

苗我绿看看手表,说:"我现在到大门口等他们。"

周局长担心苗我绿作弊,说:"我们跟你一起去。"

苗我绿等人到环保局门口时,鲍静乘坐的电视台的汽车刚好驶达。

周局长和罗建都认识鲍静,鲍静将摄像师谢振国介绍给大家。

谢振国从汽车里拿出装有摄像机的银灰色金属箱子,他从箱子里取出摄像机,扛在肩膀上。

苗我绿说:"来了!"

鲍静对谢振国说:"开拍。"

鬼车停在苗我绿身边,苗我白从车里探出头。

周局长问苗我绿:"这是你说的鬼车?和正常的汽车没什么区别呀!"

罗建说:"世界上确实没有这样的汽车。"

周局长对苗我绿说:"你怎么能证明它是鬼车?"

苗我白下车,他说:"我能让她没了。"

周局长摇头表示不信。

苗我白说："文然，走。"

鬼车在众目睽睽下没了。

周局长、鲍静、罗建和谢振国大惊失色。

苗我白又说："文然，来。"

鬼车重新出现。

苗我绿对周局长说："您信了？"

周局长说："不可思议，太不可思议了！"

罗建激动："革命，这是革命！"

苗我白说："为了使你们确信不疑，我让文然给你们表演自己行驶。"

崔文然载着周局长、苗我绿、鲍静和罗建绕着环保局的办公大楼行驶了一圈，驾驶员的座位上没有人。在行驶的过程中，崔文然和嫂子鲍静不停地叙旧。周局长和罗建眼界大开。

谢振国跑步跟在车后摄像，累得满头大汗。

周局长在鬼车上问崔文然："你是怎么在死后变成鬼车的？有什么窍门？"

崔文然说："我就是想找到杀害我的凶手，大概是心诚则灵吧。"

周局长："如果人在死前坚定死后变鬼车的信念，成功的可能性有多大？"

崔文然："这我不好说。但是我可以答应你，在我找到凶手后，我去和较多的鬼魂接触，帮助你们找到变鬼车的诀窍。"

周局长说："太感谢你了！如果用鬼车替代现有机动车成功了，你是头功。"

鬼车开到环保局大门口，周局长等下车。

周局长和苗我白握手。

周局长对苗我白说:"你有一个好妻子。"

苗我白说:"谢谢。"

周局长对罗建说:"通知全局处级以上干部到大会议室开紧急会议,实施鬼车工程!"

罗建像足球运动员进了球后那样一边挥手一边跑进办公大楼。

苗我绿情不自禁地和鲍静紧紧拥抱。

第十六章

　　苗我白和崔文然离开环保局后,漫无目标地在大街上行驶。
　　崔文然说:"你哥哥脑子够灵的,真成功了,是一件大好事。"
　　苗我白说:"我该失业了。"
　　崔文然说:"我教你修鬼车。"
　　"死了才能获得修鬼车的资格吧?"
　　"鬼车不用修,坏不了。连动力装置都没有,坏哪儿?"
　　"我就这么永远和你在一起。"
　　"鲍蕊怎么办?"
　　"鲍蕊和杜警探有戏,我会成全他俩。这样就皆大欢喜了。我看杜警探那人不错。还是好警察多。"
　　"我估计光凭苗我绿他们环保局的努力,没有我的帮助,死人变不成鬼车。"
　　"抓住那浑蛋后,你帮苗我绿成功。"
　　"我会尽力的。"
　　苗我白和崔文然一路聊。
　　在离环保局不远的一家餐厅门口,崔文然突然急刹车。
　　苗我白问:"怎么了?"
　　崔文然激动地说:"我感觉到那个浑蛋就在附近!我嗅到他的气息了!"

苗我白也激动："你仔细看，千万别放走他！"

苗我白感觉到鬼车的车身在晃动，崔文然在一寸一寸地搜索四周。

苗我白也根据崔文然上午对杜岩水描述的凶手的模样四处看。

崔文然咬牙切齿地说："那王八蛋在餐厅里，一个人吃饭。"

苗我白说："我进去看看？"

崔文然说："不要惊动他，就是那个穿竖条衬衣的人。咱们等他出来时收拾他。"

苗我白说："应该通知杜岩水吧？"

崔文然说："杜岩水抓到他后，准不让我出气了。"

"你想怎么出气？"

"轧断他的脊梁骨，轧碎他的四肢，特别是杀我的那只手，疼死他！"

"我向杜岩水提出要求，如果他同意，我就告诉他方位。如果他不同意，我不告诉他咱们在哪儿，行不？我觉得咱们需要警察帮忙。"

"按你说的，打电话吧。"崔文然同意。

苗我白给杜岩水打电话。

"杜警探，我是苗我白。我们找到他了！"苗我白说。

"找到谁了？"杜岩水问。

"杀害崔文然的凶手！"

"在哪儿？抓住了？！"

"盯死他了，正在等他出来。"

"我马上去！告诉我方位！"

"我们有一个条件，你同意了，我就告诉你。不同意还不能告诉你。"

"说！"

"崔文然要先拿那浑蛋出气！你不能干涉，同意吗？"

"只要不弄死，随你们便。即使你们不拿他出气，我也会先打他个半死！这狗日的杀了多少人！我和你们一起打！"

苗我白告诉杜岩水方位。

杜岩水说："我马上到。你们不要轻举妄动，他肯定有凶器。"

苗我白关闭电话，他对崔文然说："我还是想进去看看。"

崔文然说："这浑蛋肯定精，你进去不吃饭，他会起疑心。"

"餐厅门口有个电话亭，我假装打电话。从电话亭看他比车里清楚。"苗我白迫不及待要看清杀害他妻子的凶手的面目。

"你去吧。时间别太长。"崔文然说。

苗我白下车，他装作若无其事地走进电话亭，摘机打电话。苗我白透过餐厅的大玻璃窗，看见了坐在餐桌旁的陈杨。苗我白两眼冒火。他手里的话筒竟然被他捏裂了。

陈杨是来实施对掌上电脑爱好者网友聚会抢劫的，他的汽车就停在苗我白佯装打电话的电话亭旁边。陈杨身边的包里装着作案用的警服。

陈杨已经熟知掌上电脑爱好者网友聚会的程序：聚餐——聊天——合影，其中合影又分为掌上电脑合影和网友合影。陈杨实施抢劫的时机选在网友将他们的掌上电脑都放在餐桌上给掌上电脑合影的时候。

陈杨注视着坐在餐厅另一边的掌上电脑爱好者网友聚会，他看见拿着数字照相机的一位网友已经站起来了。

陈杨招呼服务员结账。

付款后，陈杨拎着包去洗手间。陈杨在一个单间里插上门，迅速从包里拿出警服穿上。

陈杨出现在卫生间门口时，网友已经让服务员收走餐桌上的餐具，他们正将各自的掌上电脑放在餐桌上，供拍照。餐桌上满是掌上电脑，大约有四十余个。

陈杨神不知鬼不觉走到那张餐桌旁，他突然大喊一声："我是警察！我们接到举报，桌子上有定时炸弹，都趴下！"

堪称精英的网友们反应极快，他们都蹲在餐桌下。

陈杨用餐桌布将桌子上的掌上电脑囊括后席卷而去，他一路喊道："都闪开，炸弹快爆炸了！闪开！"

陈杨跨进自己的汽车，扬长而去。餐厅里的网友们还蹲在餐桌下等待巨响。

苗我白没有认出身穿警服的陈杨，他还站在电话亭里。

陈杨没有逃过崔文然的眼睛，鬼车开到电话亭旁，崔文然冲苗我白大喊："苗我白，快上车，他跑了！"

苗我白上车后，鬼车发疯般追陈杨的车。

苗我白一边系安全带一边说："我怎么没看见他出来？"

崔文然说："穿警服的那个就是他！"

苗我白恍然大悟："没错。他穿警服干什么？"

崔文然说："没好事！"

苗我白说："能追上他吗？"

"没问题，我已经看见他了！"崔文然说。

崔文然连续超越六辆汽车，跟在了陈杨的车后。

崔文然说："就是他！"

苗我白兴奋："王八蛋，看你往哪儿跑！"

陈杨发现了后边的汽车咬住他不放，陈杨吃惊，他坚信不会有任何丢失掌上电脑的网友有如此快的反应能力，他还坚信咬住他的汽车不会是警察。

陈杨通过反光镜看到追他的汽车上只有苗我白一人。

陈杨加速甩苗我白。

鬼车紧咬陈杨，两辆车之间只有不到十毫米的间距。

苗我白的手机响了。杜岩水打来的。

杜岩水问："我已经到了，没有你们。你们在哪儿？"

苗我白说："他跑了，我们跟着他。"

"那家餐厅刚发生了一起抢劫案，一个冒充警察的人抢走了不少掌上电脑。"

"就是他！他穿着警服。"

"你们的方位？"

苗我白说方位。

杜岩水："我通知警察堵截他！"

崔文然大喊："不要！当着那么多警察，我怎么拿他出气？"

杜岩水："你能对付他？"

崔文然："绝对没问题！他能甩掉鬼车？"

杜岩水："我去增援你们。对了，告诉我他的车号。"

苗我白将陈杨的车号告诉杜岩水。

杜岩水一边驾车赶往苗我白告诉他的路段一边给车管所打电话查陈杨的车号。

陈杨没想到自己竟然甩不掉身后的汽车，他还发现"咬"他的汽车是一辆他从来没见过的汽车。陈杨有点儿慌，他觉得郊区是摆脱尾巴的理想地域，陈杨驾车朝市区外疾驰。

苗我白的手机又响了。

"我是杜岩水，我已经看见你们了。"杜岩水说。

苗我白说："他好像往城外跑。他已经发现我们在跟他。"

杜岩水说："我已经查了他的车号，如果他开的是自己的车，他叫陈杨。我已经部署警察去搜查他的家了。"

崔文然插话:"我轻而易举就能追上他,但我不这么做。一是我怕他急了撞人,二是我要玩猫捉老鼠的游戏,耍他!"

杜岩水说:"我批准。"

陈杨的汽车在前边,崔文然居中,杜岩水殿后,三辆汽车风驰电掣行驶在郊区的公路上。

陈杨的时速已经达到一百三十公里,他不停地超车,不停地同其他车碰撞。众多司机破口大骂。几辆交通警的巡逻车显然是接到报警后停在前方准备堵截肇事车,杜岩水通过警察专用通讯频道告诉他们不要阻拦陈杨的车。

陈杨意识到自己遇到大麻烦了,他不得不承认一个事实:他身后的这辆汽车完全可以超越他,但它不。中途加盟的另一辆汽车也让陈杨确信自己已经成为瓮中之鳖。特别是当陈杨看到前方的警车对他置之不理时,他清楚自己遇到高手了。

崔文然终于决定收拾陈杨了,她对苗我白说:"注意,我要腾空压住他!"

苗我白抓紧方向盘。

鬼车腾空而起,压在陈杨的汽车上。陈杨抬头透过透明天窗看见了压在他的汽车上的鬼车。他感到毛骨悚然,陈杨清楚自己完了,他不明白这是怎么回事。

杜岩水靠近陈杨的汽车,他使用车载扬声器命令陈杨停车。孟雷已经告诉杜岩水,他们从陈杨的家里搜出了所有被害出租车司机的驾驶执照,陈杨是本市出租车司机系列谋杀案的凶手无疑。

尽管陈杨早就知道自己迟早会被警方缉拿,但他没想到这么快。陈杨早就想好了,只要被警察抓住,他就像美国麻省理工学院那位女生那样吞食氰化物自杀。陈杨随身携带氰化物。

陈杨急刹车。惯性将崔文然抛到前方，崔文然落地后一个漂亮的一百八十度急转弯，车头对着陈杨的汽车。

杜岩水的车顶在陈杨的车后边。

杜岩水举着手枪下车指向陈杨："我是警察！双手放在头上，下车！"

陈杨冷笑着喝下氰化物。

杜岩水意识到什么，他拉开车门，抢过陈杨手里的空瓶看。

陈杨说："不用看，是氰化物，毒药，懂吗？哈哈。"

苗我白下车问杜岩水怎么了。杜岩水告诉他陈杨服毒自杀。

杜岩水说："我马上送他去医院。"

苗我白回鬼车告诉崔文然。

崔文然冷笑："送他去医院？救他？没门！"

苗我白问："你想怎么办？"

崔文然极其平静地说："轧死他，碾碎他。一点儿一点儿碾。"

苗我白向杜岩水转述。

杜岩水想了想，点点头，他清楚服用了毒药的陈杨活不到医院。苗我白将陈杨从车上拖下来，横在地上。

杜岩水使用车载电台命令前后的交通警巡逻车对这个路段实行交通管制，严禁任何车辆和行人通行。

路面上只剩下三辆车。

陈杨躺在地上。苗我白和杜岩水站在一旁。苗我白已经将鬼车收音机的音量开到最大。

鬼车缓缓驶向陈杨，停在陈杨身边。

崔文然说："你还认识我吗？"

汽车说话，令陈杨大吃一惊。

崔文然说："我是两年前被你杀死的那个女出租车司机，你想起来了？"

崔文然叙述被杀的过程。

陈杨两眼发直。

崔文然说："想起来了？我现在开始为我和其他被你杀害的人报仇。"

鬼车用最慢的时速轧过陈杨的脚。陈杨发出惨叫。

苗我白摇头。杜岩水面无表情。

鬼车掉头，再从陈杨的小腿上轧过去。然后依次是膝盖、大腿、胯骨、胳膊、小腹和肋骨。

陈杨痛不欲生，在地上不停地翻滚。

崔文然没有依序轧陈杨的心脏，鬼车的车轮对准了陈杨的头颅。

看到陈杨已经死了，杜岩水举枪朝陈杨的尸体射击。

苗我白不解地看杜岩水。

杜岩水解释："他拒捕，我击毙了他。然后你们才出于义愤碾他的尸体。"

苗我白说："你们的法医都是弱智？"

杜岩水小声说："法医都是我哥们儿。"

无数警车从四面八方驶来，警笛响彻云霄。直升机在空中盘旋。

孟雷们赶到现场后对杜岩水说的第一句话是："杜头儿，什么时候请我们吃喜糖？"

苗我白越俎代庖，说："快了。"

杜岩水一拍头："我答应鲍蕊抓住凶手后第一个给她打电话。"

崔文然对苗我白说："你向杜岩水的手下要从陈杨家搜出的线索，我要找替陈杨销赃车的浑蛋。"

第十七章

鲍静和谢振国从环保局回到电视台后,鲍静吩咐谢振国去机房给她放一遍录像。

谢振国说:"我先去一趟卫生间。"

谢振国正在谈恋爱,女方宫瑾是《独家晚报》社的实习记者。近日,宫瑾有单方面毁约摆脱谢振国的迹象,谢振国心急如焚。

谢振国清楚宫瑾最感兴趣的是能上头版头条的独家新闻,谢振国认为鬼车能使宫瑾回心转意终止同他分道扬镳的想法。

谢振国在卫生间悄悄给宫瑾打电话。

谢振国说:"我有绝妙的独家新闻给你。"

宫瑾冷淡:"说。"

"有一个人,死了后变成了一辆鬼车。"

"放屁!"宫瑾挂了电话。

谢振国再拨宫瑾的电话。

宫瑾急了:"你有完没完?"

谢振国说:"我会笨到杜撰新闻骗取你的好感?我不懂饮鸩止渴?"

"你说吧,怎么回事?"

谢振国叙述。说到一半时,有人来小便,谢振国只能静音。等人家走了,谢振国继续说。

宫瑾听完了，问："你有录像带？"

"有。"

宫瑾说："给我复制一盘。半个小时后，在我家见。"

谢振国欣喜若狂。

谢振国到机房时，鲍静已经到了。谢振国清楚，鲍导看完录像后，很可能将录像带拿走。谢振国从机箱里拿出摄像机，再从摄像机里拿出录像带。在将录像带插进设备时，谢振国趁鲍静和别人说话的时机，将复制带悄悄启动。

鲍静看画面。鬼车跃然屏上。

看完了，鲍静从设备里拿出录像带，说："带子我拿走了。"

谢振国点头。

鲍静离开机房后，谢振国迅速从设备里拿出复制带，风风火火赶往宫瑾家。

谢振国按门铃。

宫瑾开门后不让谢振国进去，她伸手："录像带。"

谢振国掏出录像带给宫瑾。

宫瑾关门前说："委屈你先在外边站会儿。"

谢振国无所谓，说："我等你审查。"

宫瑾很快就给谢振国开了门。

"这是真的？"宫瑾换了模样。

"千真万确。"谢振国得意。

"你给我讲一遍过程。"宫瑾打开采访录音机。

谢振国娓娓道来。

宫瑾聚精会神听了一遍。

宫瑾对谢振国说："太棒了！谢谢你！哪天我请你吃饭。现在我得赶紧写稿。录像带留在我这儿。我估计没有这盘带子，我们报社总编辑不会签发这篇稿子。"

谢振国说："我不能留在这儿看你写稿？"

宫瑾说："来日方长，急什么？"

谢振国喜欢"来日方长"这句话，他心潮澎湃地告辞。

宫瑾完成报道鬼车的稿子后，赶往报社。

按说像宫瑾这样的实习记者是不能直接到总编办公室找总编辑的，这回宫瑾仗着"才"大气粗，径直推开总编辑办公室的门。

"什么事？"总编辑眉头微皱。

宫瑾将她撰写的鬼车新闻放到总编辑的桌子上。

总编辑只看了一页就抬头看宫瑾，目光里全是愠色。

"你是《晨报》派来卧底的？"总编辑没忘了幽默。

《晨报》是《独家晚报》的竞争对手，不共戴天。

宫瑾拿出录像带："这是证据。"

总编辑将录像带插进录像机，看。总编辑认识环保局局长，他信了。

"新闻来源？是独家吗？"总编辑站起来问宫瑾。

宫瑾说："我的一个同学在电视台当摄像师，他给我提供的。我叮嘱他了，两天内绝对不要对别人说。"

总编辑大喜过望，他不无遗憾地说："今天的报纸已经开印了，只能上明天的了。发头版头条！配照片，从屏幕上翻拍。"

宫瑾满面春风。

总编辑和宫瑾长时间握手："你给咱们报社立了大功。你的实习期现在结束。"

宫瑾谦卑地说："谢谢总编辑。"

第十八章

　　王若林没想到苗我白只走了两天就回来上班。早晨，王若林已经从新闻里获悉本市出租车司机系列谋杀案告破，凶手在拒捕时被警方击毙。当苗我白到王若林的办公室向他报到时，王若林还不知道凶手是苗我白抓获的。

　　苗我白说："王总，我的假期提前结束了。如果你不反对，我今天开始上班。"

　　王若林高兴地说："这么快？不是说得一个月吗？"

　　"那个凶手运气差，只两天就让我和文然抓住了。"苗我白说。

　　王若林吃惊："我早晨听了广播，那凶手是你抓住的？"

　　苗我白点头，他拿出两万元钱放在王若林的办公桌上，说："这钱我没用，还给公司。谢谢王总。"

　　王若林说："如果真的是你抓住的凶手，这钱算是公司奖励你见义勇为。"

　　苗我白说："确实是我和文然抓住他的。"

　　王若林没理解对，他说："文然在九泉之下帮助你。"

　　苗我白说："文然是在九泉之上帮助我的，这次没有她，我不可能抓住那罪犯。"

　　王若林不知应该如何应对苗我白的话，他停了会儿，问："你没受伤吧？"

王若林怀疑苗我白的头部受伤,影响了正常思维。

"没有,那罪犯叫陈杨,可以说他这次是被罩在天罗地网里。"苗我白说。

王若林说:"你现在就能上班?你才两天没来,就积压了好几辆修不好的车。"

苗我白说:"王总应该放手让年轻人干。"

"我是让他们大胆干,可他们怕修坏了。"

"离正确最遥远的,往往是那些怕出错的人。"苗我白说。

王若林惊讶苗我白能说出这样的话。

苗我白说:"这是今天早晨文然对我说的话。人死后能悟出很多道理。"

王若林发呆。

苗我白说:"王总,我去车间了。"

王若林点头。等苗我白离开办公室后,王若林给修理车间调度小张打电话,他担心苗我白修车时出问题。

"小张,有件事我跟你说一下……"王若林还没说完,苗我白又回来了。

王若林只好对小张说:"一会儿再说。"

王若林挂上电话,看苗我白。

苗我白说:"王总,我忘了跟你说一件事,你应该有所准备。"

"什么事?"王若林问。

苗我白说:"咱们市为了迎接世界运动会改善环境,要出台鬼车工程。我估计鬼车工程会影响咱们公司的生意。"

"贵车工程?淘汰低价位的汽车?为了营造大都市形象?"

"不是贵车工程,是鬼车工程,鬼魂的鬼。"苗我白告诉王若林鬼车的事。

王若林苦笑："苗技师，你今天是怎么了？老弄神弄鬼的。"

苗我白说："王总，我说的都是真的！你应该早做准备。你想想，随着鬼车的普及，买车和修车的人肯定越来越少。"

王若林哭笑不得："我转向？投资房地产？或信息产业？"

苗我白认真地说："房地产不错。"

王若林不说话了，他端详苗我白。

苗我白说："王总，我看出你不信我的话，连警察都信了，还有环保局的局长也信了。你一定要早做准备。"

王若林应付苗我白："我会的。"

苗我白走后，王若林再次给修理车间调度小张打电话，责成他观察苗我白，王若林还要求调度每半个小时向他汇报一次苗我白的表现。

调度小张多次给王若林打电话，告诉他苗我白正常得不能再正常了，积压的几辆汽车都被他修好了。

王若林百思不得其解。

下午两点，徐超拿着一张报纸进入王若林的办公室。

徐超说："王总，有新闻。"

"什么新闻？"王若林问。

徐超说："这是今天的《独家晚报》，您看头版头条。"

王若林埋头看。

只看了一半，王若林就说："苗我白说的是真的？怎么会？报纸都登了！今天是愚人节？"

徐超问："苗我白已经看过这张报了？"

王若林说："他是上午说的，可上午怎么会有晚报？"

徐超问："苗我白和鬼车有关系？"

《独家晚报》没有使用苗我白和崔文然的真名，使用的是化名。

181

王若林说："苗我白上午对我说，他妻子死后变成鬼车了。"

徐超嗤之以鼻："无稽之谈。"

王若林想了想，他打电话让苗我白马上来他的办公室。

徐超要走。

王若林说："你别走，你也听听苗我白怎么说。这事和你们销售部关系很大。"

徐超不明白："和销售部有什么关系？"

王若林说："他来了你就知道了。"

苗我白敲门后进来。

王若林将《独家晚报》递给苗我白看。

苗我白看了一眼标题，说："这么快，已经见报了，看来市里批准了。"

王若林严肃地说："苗技师，你上午对我说的都是真的？"

苗我白点头。

王若林对苗我白提要求："你再简要叙述一遍。"

苗我白看了看徐超，将鬼车的事又说了一遍。

王若林听完问："鬼车工程是你哥哥向环保局提出的方案？环保局局长批准了？"

苗我白说："我哥负责在世界运动会召开前改善本市的大气污染，由于汽车尾气难以解决，他见到文然后，想出了这个主意。"

王若林觉出了事态的严重。

徐超说："和咱们关系不大吧？"

王若林说："如果鬼车工程真的推广成功，谁还买汽车？"

徐超笑着说："我觉得不可能成功，天方夜谭。"

王若林说："万事开头难。有了崔文然的先例，后边再仿效就容易了。"

苗我白说:"成功的可能性不小,文然答应我哥了,在技术上帮他。"

王若林说:"汽车市场萎缩,咱们公司就完了。"

苗我白说:"王总,我对不起你。但这是对治理大气污染有好处的事。"

徐超说:"王总,我觉得咱们是杞人忧天。人死后怎么可能都变成鬼车?"

有人敲门。

王若林说:"进来。"

销售部的导购小姐邓佳推开门:"徐经理,我有事跟你说。"

徐超看了王总一眼,对邓佳说:"你说吧。"

邓佳说:"刚才有两位顾客已经决定买车了,他们正要交款时,手机分别响了。他们接完电话后,就不买车了。我问他们为什么,他们说接到家人打来的电话,说是报纸上登了,以后人死了可以变成汽车,不花钱,不烧汽油,对环境还有好处,市里要大力推广,逐步用鬼车取代现有机动车。"

徐超和王若林面面相觑。

徐超担忧:"千万别像咱们国家入世前夕那样,消费者都持币待购不买车了,车市一片萧条。"

王若林说:"那算什么?那时只要厂家降价,车市马上就火。这次不管厂家怎么降价,哪怕降到白送,也不会有人要。"

苗我白说:"白送绝对不会有人要,还要交停车费,买汽油。你们不知道鬼车的优点,太多了。拉着你到了目的地,马上消失得无影无踪。等你办完事出来,鬼车就从地底下冒出来了。"

王若林问徐超:"咱们还有多少库存车?"

徐超说:"王总您知道,咱们公司实行的是预付款销售方式,以此营造供不应求的假象，吊消费者的胃口，刺激他们的购买欲。实际上，咱们的库存车还有两百多辆。"

王若林说："我要具体数量。"

徐超对邓佳说："你马上去电脑里查。"

邓佳很快回来，她说："还有二百七十九辆。其中'供不应求'的只有七十四辆，其他的都是厂家强行搭售的不好卖的车。"

王若林眉头紧锁。他飞快地敲击计算器，计算器由于运转速度跟不上而发出痛苦的呻吟。

苗我白内疚。

王若林对徐超说："马上降价！"

徐超反对："王总，您知道，厂家有规定，这种汽车全国统一售价，咱们是人家的特许代理，签有合同，不得擅自降价。"

王若林瞪徐超："你懂什么？我告诉你，从明天起，这车十元钱都没人要！趁别的经销商还不了解内情，能拿回多少算多少。咱们不是有苗技师的近水楼台吗？"

苗我白尴尬。

徐超问："降多少？"

王若林咬牙："打六折。"

徐超居然从沙发上掉了下来。

王若林问邓佳："销售大厅里还有多少顾客？"

邓佳说："大约十几人。"

王若林对徐超说："你马上去向这些人宣布，打六折。最好能让他们通知亲友。另外，你将打六折的标语挂到公司外边去。快！"

徐超说："从预交全部车款到打六折，步子太大了。"

王若林说："快去！我估计一个小时后，打四折都没人要了。"

徐超和邓佳跑出去。

王若林发呆。

苗我白说:"对不起,王总。我不是故意的。我知道,你的损失很大。"

王若林说:"不是很大,是破产。咱们公司从厂家进车的钱,都是银行贷款。新建的销售大厅,也是贷款两千万元盖的。此外,咱们为了当代理商,还交还厂家一千万元的押金。如果卖不出去车,我只有跳楼了。"

苗我白紧张了:"王总,你千万不能想不开,你要是自杀,我也不活了,真的。"

王若林说:"苗技师,我只问你一句话:人死了变鬼车的可能性有多大?我是指大规模的。"

苗我白说:"可能性很大。崔文然能变,别人为什么不能?"

王若林不吭气了。

徐超沮丧着脸推门进来:"王总,六折也没人买!都知道鬼车的信息了。"

王若林说:"三折!"

徐超呆若木鸡。

王若林冲出办公室:"我去说!"

徐超和苗我白跟出去。

冠军公司的所有销售代表和导购小姐都出马苦口婆心说服顾客六折购买汽车,无奈顾客的心理承受能力无法适应从预付全部车款等待两个月后提车到打六折一手交钱一手交货的飞流直下三千尺般的变化,再加上鬼车问世的信息,他们不为所动。

王若林出现在顾客面前,他对大家说:"我是总经理。我可以告诉大家,鬼车是新闻界的炒作,人死了怎么可能变成汽车?"

一位顾客问:"如果鬼车的事不属实?你们为什么打六折?本

来我们还不信鬼车，你们一打折，我们就信了鬼车。"

王若林哑口无言。

顾客都要走。

王若林拦住他们："每辆车只卖一百元，要不要？"

其中一位顾客问："排气量 3.0 的也卖一百元？"

王若林说："排气量 1.8 的八十元，2.2 的一百元，3.0 的一百三十元。"

那顾客犹豫。他的书包里揣着四十万元。他本来是来买排气量 2.2 的汽车，刚进来时，销售代表告诉他，要预交全部车款，两个月后提车。

另一位顾客劝他慎重："你可别犯傻，就算白给，你也不能要。你想想，光是给车上牌照，能让你掉一层皮！还得烧油！鬼车多好，又能和逝去的亲人永远在一起。"

那顾客说："我主要是考虑我家的人目前还都挺健康，我担心我家不是马上能用上鬼车。"

另一位顾客说："你家从来没死过人？所有祖宗从秦始皇那个时代起至今都健在？不能。只要有死人，就能变鬼车为你服务。"

那顾客将掏出的一百元钱又塞回去了。

王若林见状发出狼嚎般的喊叫："3.0 的每辆只卖一元！而且是买一送二！搭送 2.2 和 1.8 的各一辆！"

顾客们拔腿就跑，生怕保安关大门，不白开走汽车不让出去。

王若林呆站着，泪水流了一地。

第十九章

次日上午,全国所有车市没有一位消费者光临。其状惨烈,其景骇人。

中午,曹边总裁召开厂家紧急会议。

曹边神情极为严峻,他环视与会者,说:"我刚才应约和几乎所有兄弟汽车厂家的老总通了电话,大家决定联手共渡难关。消费者是怎么了?几个妖言惑众的记者竟然能让这么多人不买车!公关部李经理,你行动了吗?"

李经理说:"我上任两年来,已经花钱和几乎所有重要的媒体的经济部记者建立了私人关系。我上午已经给几家重要媒体的记者打了电话,要求他们立刻写反驳鬼车的文章,斥责鬼车是谣言。"

曹边点头。他问销售部倪经理:"倪向阳,咱们的经销商有擅自降价的吗?"

倪经理说:"只有一家,冠军公司。"

曹边火了:"降了多少?"

倪向阳欲言又止。

曹边问:"降了一万?"

倪经理说:"一元。"

曹边松了口气:"只降了一元?那也不行!扣罚他们五十万元押金。"

倪经理说:"不是降了一元,是降到一元。"

全场哗然。

曹边再问:"一辆咱们的车只卖一元?"

倪经理:"而且是排气量3.0的。而且还买一送二。另外白送两辆汽车。"

群情激愤:

"告冠军!"

"起诉王若林!"

"太不像话了!"

"干脆他砸车得了!"

曹边问:"脱销了?"

倪经理:"一辆没卖出去。"

曹边猜测:"降价时销售厅没顾客?"

倪经理说:"据说有,但是没人买。"

会场顿时静得恐怖。

曹边吩咐倪经理:"倪向阳,你现在给冠军公司的销售部经理打电话,了解他们擅自降价的详细经过。"

倪向阳当场使用会议室里的电话机给冠军公司销售部经理徐超打电话。免提。

电话通了。与会者都洗耳恭听。

倪向阳说:"冠军公司吗?请找徐超。"

"你好,我是徐超,哪一位?"徐超的声音响彻会议室。

"我是倪向阳。"

"倪经理,你好你好!"徐超对紧俏商品厂家的对口经理十分恭敬。

"我听说你们公司从昨天下午起擅自降价,有这回事吗?"

"……有……但是……是不得已才这么做的。倪经理已经知道鬼车的事了吧？"

"那是无稽之谈！媒体马上就要辟谣。你们这么做，搅乱了市场，是违约行为。曹总很生气。你们怎么敢？"

"倪经理，鬼车不是谣传，是真事。另外，我们降价后，一辆车也没卖出去。"

"你怎么知道鬼车是真事？你家有人死了变成鬼车了？"

会议室里的人都捂着嘴笑。

徐超说："我们公司的修理技师苗我白你们知道吗？他去贵厂培训过半年，还在贵厂的推荐下去过国外厂家学习修理技术。"

曹边看技术部郭经理，郭经理点头表示知道苗我白这个人。

倪向阳对徐超说："我们知道这个人，他怎么了？"

徐超说："昨天媒体上报道的鬼车就是苗我白的妻子死后变的。这是真事。苗我白的哥哥苗我绿是我们这座城市环保局的首席专家，全面负责两年后在我们市举办的世界运动会的环境改善工作。是苗我绿建议实施鬼车工程的。"

曹边飞快地写了张纸条，递给倪向阳。

倪向阳看完纸条后问徐超："贵市的领导竟然会相信如此荒诞不经的事？"

徐超说："电视台给鬼车拍摄了录像，谁能不信？"

"以你的判断，鬼车是确有其事？"

"千真万确。今天上午，苗我白让他妻子变成的鬼车在我们公司的销售大厅显身，王总和我们公司的员工都亲眼看见了，眼见为实，的的确确是真事。"

会议室里的所有眼睛都像探照灯那样扫过除了自己所有的脸。

徐超说："倪经理，请你转告曹总，我们也是万不得已，因为我们知道事情的真相。如果不出意外，今后，世界上所有汽车制造厂都会倒闭。有了鬼车，谁还买车？今天我们市已经有媒体将鬼车称之为比因特网问世还伟大的里程碑式革命。"

曹边又递给倪向阳一张纸条。

倪向阳看后问徐超："用什么方法使死去的人变鬼车？"

"目前还不清楚，好像需要苗我绿和苗我白进一步探讨，当然，关键还是苗我白的妻子，她已经承诺帮忙。"徐超说。

曹边示意倪向阳可以结束通话了。

倪向阳挂断电话后，曹边说："刚才冠军公司这位销售部经理说得对，如果鬼车是真的，世界上所有汽车制造厂将关闭。"

有人说："怎么可能有鬼车？"

有人说："怎么不可能？刚才这人说，他都亲眼看见了。"

有人说："这个叫苗我白的人太可恶了，自己断自己的生路嘛！"

有人说："必须制止苗氏兄弟，他们无权毁灭全球汽车工业！"

"多少人会失业！"

"没了汽车工业，全球经济增长率起码减少两个百分点。"

"驾校、停车场和汽修厂都得关门，交通警失业。没有车祸的支持，多少医院的外科会惨淡经营？多少法院失去了通过为交通事故纠纷断案挣钱的机会？"

曹边说："苗氏兄弟肯定会成为众矢之的。"

倪向阳说："咱们不能让苗氏兄弟得逞。"

秘书进入会议室对曹边耳语："罗密斯先生的电话。"

曹边站起来说："先散会，我去接个电话。大家都想想对策。"

罗密斯是某发达国家一家著名汽车制造厂的总裁。

曹边回到自己的办公室接罗密斯的电话。

曹边拿起话筒,用流利的外语说:"罗先生你好,我是曹边。"

罗密斯劈头就问:"鬼车是怎么回事?"

曹边解释。

罗密斯:"确有其事?"

曹边:"是的。"

"必须制止。这是我们的共同利益。"

"是的。罗先生有什么好办法?"

"既然苗氏兄弟钟爱鬼车,那就让他俩先当鬼吧。没了他俩,这世界会安宁。"

曹边吓了一跳:"您的意思是……"

"让他俩去见鬼。我出一百万美元。你运作。"

"……"

"钱不够?"

"……一人五十万美元,足够了……只是……杀人的事……我还没干过……"

"不是让你亲自动手,花钱雇人做。"

"我们国家叫买凶。"

"汉语精辟。"

"谢谢。"

"买凶的一百万元经费十分钟后打到你的账号上。要快。如果他们再弄出一辆鬼车来,就麻烦了。还要做得干净利索,不要引起警方的怀疑。咱们毕竟是体面的企业家,做任何事不能给500强抹黑。"

"警方和我的关系很好。去年,我们向警方捐助了五百辆警车。"

"有什么需要的,随时同我联系。"

曹边挂上电话后,手发抖。他思索这件事。曹边清楚,做这种事，知道的人越少越好，而且自己不能直接出面。必要时，为了灭口，事后还要把杀手干掉。

曹边打开电脑，在本厂所有部门经理级的人中物色人选。

光标锁定倪向阳。

倪向阳是曹边的心腹和嫡系。曹边认为将铲除苗氏兄弟的任务交给倪向阳办最可靠。办成之后，曹边再设法除掉倪向阳。如此，曹边就可以高枕无忧了。

曹边打电话叫倪向阳来他的办公室。曹边吩咐秘书，他和倪向阳谈话期间，他不见任何人，不接任何电话。

倪向阳进屋后，曹边站起来亲自关门。这个动作令倪向阳吃惊。

曹边压低声音说："刚才罗密斯来电话，他出资一百万美元委托咱们除掉苗我白和苗我绿。"

倪向阳说："英雄所见略同。我也觉得必须除掉苗氏兄弟，否则咱们就完了。"

曹边说："你是我最信任的人。我决定把这件事交给你办。你清楚这件事的性质，要做得滴水不漏，绝对不能露馅。"

倪向阳说："谢谢曹总对我的信任。我会让您满意的。我倒觉得这不是见不得人的事，想想有多少人会因为鬼车失业？我这是为民除害。当然，我不会傻到杀了苗氏兄弟还去申请见义勇为奖金。"

曹边说："你准备怎么干？"

倪向阳沉思。

曹边耐心地等待构思。

倪向阳说："下毒。各花五十万美元雇用苗氏兄弟身边的人投毒。我的小舅子在大学药品实验室工作，我给他十万元人民币，能拿到特效毒药。"

曹边点头:"雇用苗氏兄弟身边的人难度大吗?"

倪向阳说:"冠军公司没有难度,我和王若林很熟,他又是鬼车的受害者,又有五十万美元的进账,我估计他不会拒绝。环保局我没有认识人,但我有把握,谁让如今是有钱能使鬼推磨的时代呢。当然,事后咱们要把投毒的人做掉,以防后患。"

曹边说:"就按你说的办吧。要快。你去财务部领一百万美元现金,再领五十万人民币作为你的活动经费。事成之后,你的劳务费是一百万元人民币。"

倪向阳说:"谢谢曹总。"

倪向阳走后,曹边给财务部经理打电话吩咐她给倪向阳出款。

第二十章

罗建下班后在回家的途中到一家超市采购,今天是他的儿子两周岁生日,他要给儿子买生日蛋糕。

罗建拎着生日蛋糕走出超市,他向一辆停在路边的出租车招手。

行驶二十分钟后,罗建发现出租车停在一家酒吧门前。出租车前方没有任何障碍。

"不是这儿。"罗建提醒出租车司机。

有人从汽车外边给罗建开车门。

"罗先生吧,请。"那人彬彬有礼地说。

"干什么?"罗建警惕。

"您没听说过猎头公司?我是光速猎头人才公司的业务员,我们公司看中您了,有一家公司在我们的推荐下,愿出年薪五十万元助您跳槽。请您到酒吧面谈。"那人说。

罗建过去只是从媒体上看过猎头公司猎取人才的传奇故事,如今自己竟然能遇到这样的事,他感到惊奇。

罗建身不由己跟着那人进入酒吧。

倪向阳从一张位于角落里的桌子旁站起来,和罗建握手。

罗建落座。

倪向阳开门见山:"请罗先生原谅,我们使用这种方法约见您。"

罗建还以为猎头公司都这样，就说："没关系，由此可见你们对人才的渴求。"

倪向阳说："我不是猎头公司的，我是受很多领域和个人的委托来见罗先生的。"

罗建疑惑："领域？个人？"

倪向阳说："罗先生正在参与推广鬼车工程吧？"

罗建点头。

"您想过这件事的后果吗？"倪向阳问。

"后果？后果就是净化本市空气，给市民营造蓝天。"

"据我们了解，您在大学是学汽车的，如果世界上没有了汽车，谁还聘您工作？"

罗建一愣。

倪向阳说："您是高风亮节，自己砸自己的饭碗。可您不能不考虑别人。"

"别人？"

"一位著名经济学家计算了，如果没有汽车工业支持，咱们国家今年的经济增长率将降低两个百分点，只能达到5%。您清楚，如果咱们国家的年经济增长率低于7%，形势会非常严峻，多少人将失业！"

"这我知道，咱们的年经济增长率不能低于7%，否则就会有麻烦。"

"鬼车工程如果成功，咱们的所有汽车制造厂肯定倒闭，数百万计的工人失去工作。数万家汽车销售公司破产，数十万家汽车修理厂关门，数十万名交通警失业，所有驾校倒闭，百万家汽车配件商店停业，还要株连到和汽车制造业相关的能源、钢铁、橡胶、化工等等企业……"

"你等等，让我想想。"罗建脑子乱了。

倪向阳停止说话。

罗建整理头绪。

"是很严重。"罗建承认。

倪向阳觉得自己已经成功了一半。

倪向阳说："历史的重任落在了您的肩上。"

罗建听不懂："落在我的肩上？"

"必须终止鬼车工程。"

"应该。"

"只有罗先生能终止鬼车工程。"

"我？您高看我了。我觉得只有苗我绿能终止。我会尽力说服他。"

"据我们了解，苗我绿绝对不会终止鬼车工程，他是既得利益者。您想想看。"

罗建点头："是不容易。"

"罗先生是环保局距离苗我绿最近的人。既然苗我绿不会终止鬼车工程，咱们只能终止他了。"

"让局里开除他？"

"从地球上开除他。"

"杀人？"罗建站起来，"你是什么人？黑社会？"

罗建被身后的大汉按坐下。罗建回头看，他的脸色变了，他的身后是四名大汉。罗建这才想起观察酒吧。

倪向阳说："今天这酒吧被我包了，没有别人。"

罗建嗫嚅："绑架？"

倪向阳笑："您看电影看多了。"

罗建说："你们要我干什么？"

"通过终止苗我绿，终止鬼车工程。"倪向阳说。

罗建摇头："我不杀人。"

倪向阳纠正道："您不是杀人，是救人。苗我绿不死，这世界上会有多少人因失去工作而自杀？多少人妻离子散？"

罗建还是摇头。

倪向阳从桌子底下拿出皮箱："这是五十万美元现金，只要您答应，您马上可以把钱拿走。办成事之后，如果您想出国，我们负责给您办，全家一起走。"

罗建看了一眼钱，他动摇了。

倪向阳趁热打铁："您是当代荆轲！您的名字肯定载入史册。"

"怎么杀？"罗建问。

倪向阳掏出一个小瓶，说："将瓶子里的液体倒进苗我绿的茶杯，就OK了。"

罗建再次摇头："不行，我下不去手。我不干。不干！"

倪向阳说："我很遗憾。我可以告诉罗先生，我们不会让这个瓶子里的液体闲着，我们会把它倒进别人的水杯。"

"别人？"

"罗贝墙和高茜。"

罗贝墙是罗建的儿子，高茜是罗建的妻子。

"你浑蛋！"罗建骂道。

罗建身后一个大汉的手极其温柔地拍了拍罗建的肩头。这种警告方式，比打罗建一拳还恐怖。

倪向阳说："我说得够多的了，您定夺吧。"

倪向阳喝咖啡。

罗建将面前的咖啡一饮而尽。

"来杯酒！"罗建招呼服务员。

倪向阳制止："很遗憾，罗先生现在不能喝酒，您要在完全清醒的状态下做决定。事成之后，我陪您喝酒。"

罗建冥思苦想。

酒吧里安静得能听见酒瓶里的酒变得越来越陈的声音。

罗建说："……我干……"

倪向阳说："好！祝贺罗先生成为创造历史的名人！"

罗建苦笑。

倪向阳将皮箱和毒药瓶一起推到罗建面前。

倪向阳指示："明天上午投放。"

罗建点头。

倪向阳从自己身上掏出一个信封递给罗建："这是我送给令郎的两岁生日礼物。我希望令郎过三岁生日时，我还能送他礼物。"

罗建不寒而栗。

罗建走后，倪向阳对手下说："咱们该去见王若林了。"

第二十一章

苗我白、鲍蕊和杜岩水乘坐鬼车行驶到苗我白家的楼下,保安看到杜岩水和苗我白亲密无间地从鬼车上下来,十分惊讶。

杜岩水对苗我白说:"你等会儿,我得去保安那儿给你平反,要不你以后出入小区老会有麻烦。"

苗我白说:"你跟他们说了我多少坏话?"

杜岩水一边往保安那儿走一边回头对苗我白说:"我还用说你坏话?"

崔文然对苗我白说:"警察来调查你,尽管不说你的坏话,保安会认为警方要给你颁奖?"

鲍蕊问崔文然:"你怎么上楼?"

苗我白说:"她在哥哥家已经上过楼了。咱们先上去给她腾地方。"

杜岩水回来后,崔文然消失,苗我白、鲍蕊和杜岩水上楼。

进家后,大家腾出一个房间。崔文然显形后,将房间塞得满满当当。

鲍蕊做饭。苗我白要庆祝。

崔文然问杜岩水:"在陈杨的住处找到什么线索吗?他肯定有销赃的下家。"

杜岩水说:"只找到几个电话号码。"

崔文然说:"告诉我。"

杜岩水说:"你不给我们警察留点儿活儿?你全包了?"

崔文然说:"我恨他们。"

杜岩水将电话号码告诉崔文然。

苗我白问杜岩水:"陈杨家什么样?"

杜岩水说:"墙上贴着阿米尔和阿塔的照片。"

"好莱坞影星?"鲍蕊从厨房探头问。

杜岩水说:"阿米尔是当年刺杀以色列总理拉宾的凶手。阿塔是劫持飞机撞美国世贸大楼的恐怖分子。"

苗我白问:"他们是陈杨的偶像?"

"估计是。"杜岩水说,"陈杨是医科大学的高才生。学解剖的。"

崔文然恍然大悟:"难怪他杀人得心应手。他杀我时,我当时的感觉是他很专业。"

杜岩水说:"陈杨的冰箱里还有半个糖醋人心。陈杨是死有余辜。我得感谢你们,如果不是你们,还不知道这个浑蛋要杀多少人!"

"世界上怎么会有这种人?"鲍蕊从厨房往餐桌上端饭菜。

苗我白说:"世界上什么人没有?"

杜岩水感慨:"确实是什么人都有,应有尽有。"

电话铃响了。

苗我白接电话。

"我白?我是你哥。"苗我绿打来的电话。

"我们正要喝酒庆祝,你和嫂子来吗?"苗我白说。

"我正忙鬼车工程的事呢。"

"还在单位?"

"是。就我自己了。小罗的儿子过生日,他回家了。我想让文然尽快拿出死人变鬼车的实施方案。"

"她会的。哥你放心，这事肯定能成。"

"你们吃饭吧。再见。"

"再见。"苗我白放下电话。

杜岩水说："你哥是急性子。"

苗我白说："他的压力太大，好不容易找到了解决办法，他当然会只争朝夕。"

鲍蕊说："人死后变鬼车，意义太大了。"

杜岩水举杯："为消灭陈杨干杯！"

大家喝酒。崔文然看着。

鲍蕊举杯："为我白和文然团聚干杯！"

再喝。

苗我白举杯："为杜警探和鲍蕊一见钟情干杯！"

痛饮。

苗我白说："今天晚上，鲍蕊就去杜警探家吧。"

崔文然说："我送你们。"

鲍蕊对苗我白说："谢谢你。"

杜岩水说："为世界上有你们这种人干杯！"

苗我白对杜岩水说："为世界上有你这种警察干杯！"

喝够了，苗我白对崔文然说："我和你送杜警官和鲍蕊回家。"

杜岩水说："以后你别再叫我杜警官或杜警探了，叫我岩水吧。"

苗我白说："我要等时间证明你善待鲍蕊后，再改口。"

杜岩水说："怎么弄得跟挂牌督办案件似的。"

第二十二章

倪向阳走进王若林的办公室时,他几乎不认识王若林了。王若林突然老了三十岁。

倪向阳叹息:"王总,怎么弄成这样子,都是鬼车害的。"

王若林苦笑。

倪向阳坐下,说:"王总,咱们汽车人不能坐以待毙。"

王若林说:"能怎么办?不偷不抢不骗又不花钱能弄到商品,是消费者梦寐以求的事情。鬼车满足了他们的这个愿望。"

倪向阳小声说:"王总,全球汽车业联手了,要终止鬼车工程。"

王若林眼睛亮了:"怎么终止?"

倪向阳说:"鬼车工程的关键人物就是你们公司的苗我白。没了他,鬼车工程还弄个鬼。"

王若林不明白:"没了他?"

倪向阳抬起右手掌,以手代刀,在自己脖子上横向一抹。

王若林一愣。

"你什么意思?"王若林难以置信。

"做掉他。这是你死我活的事。"倪向阳咬牙切齿地说。

"你吃错药了吧?"王若林瞪倪向阳。

"他苗我白可是置你于死地了。我知道你向银行贷了多少款,人家银行饶得了你？"

王若林不吭气了。

倪向阳指指自己身边的皮箱，说："王总，这五十万美元是给你的劳务费，这钱是外国汽车厂商出的，全球汽车业的巨头都要除掉苗我白。"

"买凶？"王若林表情严肃。

"不是买凶，是为民除害。鬼车能砸多少人的饭碗，王总比我清楚。"

"你给我钱的意思是让我杀苗我白？"

倪向阳点头。

王若林坚定地说："我绝对不会干。"

"为什么？"

"应该我问你为什么。"

"我刚才已经说了，为民除害。"

王若林摇头。

倪向阳打开皮箱，他摆弄成捆的美元，故意弄出声响。

王若林走过来，盖上皮箱，对倪向阳说："倪经理，很抱歉，我不能杀人。"

倪向阳脸上不好看了，他说："也好。就让苗我白葬送全球汽车工业吧。"

王若林用身体语言表示送客。

倪向阳讪讪地离开办公室，他在下楼梯时，碰到了徐超。

徐超和倪向阳打招呼："倪经理来了，找王总？"

倪向阳眼睛一亮，说："我和王总谈完了，有时间吗？咱们聊聊？这么晚了还不下班？"

"特殊时期嘛。去我的办公室？"

倪向阳抬头看见王若林在楼上看着他，倪向阳对徐超说："我在你们公司门口左边的饭馆等你。"

"怎么弄得跟间谍接头似的？"徐超笑。

"也是，咱们一起走吧。"倪向阳估计他走了后，王若林会阻止徐超去见他。

徐超和倪向阳在饭馆落座，倪向阳点菜。

徐超说："我们降价的事，让曹总生气了。我们也是没办法，都是鬼车闹的。"

倪向阳接过话茬："我就是为了鬼车的事来的。"

"反正鬼车够损的。"徐超说。

"苗我白这个人怎么样？"

"我不喜欢他。"

倪向阳压低声音："有人出五十万美元干掉苗我白。"

"别逗了，苗我白不值这个价。"

"他值这个价。"倪向阳指指自己脚下的皮箱。

徐超目瞪口呆，说："贵厂出钱干掉苗我白？"

"是外国的大厂家出资。"倪向阳说，"苗我白的鬼车能葬送很多人的生意，大家不会坐以待毙。"

"这倒是。"徐超看了几眼脚下的皮箱。

"你来做？只要你答应，这钱就是你的了。"倪向阳压低声音，"其实很简单，只要往苗我白喝的水里放点儿东西就万事大吉了。不用动刀动枪。"

徐超想了想，问："放什么？"

倪向阳掏出小瓶给徐超看。

徐超说："我接这个活儿。"

倪向阳用脚将皮箱踢到徐超脚旁。

徐超的脚踩在皮箱上。

倪向阳问："公司还上班吗？"

"王总要求员工明天上午来，然后就放长假了。没人买车。"徐超说。

倪向阳说："你务必在明天上午办成。苗我白一完，就又有人买车了。曹总说了，鬼车工程一完蛋，咱们的车就大涨价，治治那些得意忘形的消费者。"

徐超说："是该治他们，降到一元都不买，还特神气。"

"来，咱们干一杯！祝你成功！"倪向阳举起酒杯。

徐超和倪向阳碰杯后，一饮而尽。

徐超说："倪经理，如果没有别的事，我就先走了。我要做准备。"

倪向阳点头："要做到万无一失。"

徐超说："放心吧，我了解苗我白的饮水习惯。"

倪向阳说："你的名字肯定载入史册。"

徐超拎起皮箱，说："其实成为名人很容易，只不过大多数人抓不住机会。"

"精辟。"倪向阳和徐超握手。

第二十三章

王若林给公司员工讲话时,他的感觉是诀别。几名导购小姐掉眼泪。

王若林宣布冠军公司从下午起无限期放假,放假期间,没有工资。员工可以自由跳槽。

苗我白一脸的歉意。

散会后,王若林在办公室看着汽车模型发呆。他突然想起了什么,他打电话让徐超来他的办公室。

徐超敲门进来。

王若林问:"昨天倪向阳见你了?"

"随便聊了几句。"徐超轻描淡写。

"他没交给你什么任务?"王若林注视徐超的表情。

"任务?"徐超表演得很到位。

"没有就好。这人有问题。"

"倪经理有什么问题?"

"算了,不说了。"王若林挥挥手。

徐超走后,王若林还是不踏实,他认为倪向阳们不会放过苗我白。

王若林从抽屉里找出杜岩水的名片,他给杜岩水打电话。

"杜警探吗?我是冠军公司的王若林。"王若林说。

"我是杜岩水。你好。"

"请你立即派人二十四小时保护苗我白,有人要杀他。"

"杀苗我白?为什么?谁?你怎么知道的?"

"我不想说是怎么知道的,请谅解。你尽快采取措施保护他吧!"

"谢谢你。"杜岩水挂断电话。

杜岩水马上给苗我白打电话。

正在车间指挥员工封存修车设备的苗我白接到杜岩水打给他的电话。

苗我白掏出手机,说:"我是苗我白。"

"我是杜岩水。你不要离开公司,千万不要离开,我马上去。"

"怎么了?"

"我接到线报,有人要害你,你在公司等我。不要出去。"

"害我?陈杨的余党?"

"我这就去你们公司。"杜岩水挂了电话。

苗我白不以为然,继续封存设备。

杜岩水气喘吁吁地赶到冠军公司,见到苗我白安然无恙,他松了口气。

苗我白笑着问杜岩水:"我们公司有你的线民?是谁?"

杜岩水顺手拿起苗我白身边桌子上的一瓶矿泉水,拧开盖,大口大口喝了半瓶,说:"王若林在吗?我去找他聊聊。"

苗我白说:"王总是你的线民?什么时候发展的?"

杜岩水突然捂着肚子蹲下,他的脸色煞白。

苗我白蹲下问杜岩水:"你怎么了?肚子疼?"

杜岩水躺倒在地上,苗我白慌了。

杜岩水嘴角流出一缕鲜血。

"你怎么了？"苗我白惊叫。

杜岩水抬起颤抖的手臂，指着矿泉水瓶说："……毒药……千万别喝……保存好……"

苗我白喊："文然，来！"

鬼车出现在车间里。几名员工帮助苗我白将杜岩水抬上鬼车。

"去最近的医院！"苗我白对崔文然说。

鬼车发疯般驶出冠军公司。

杜岩水有气无力地说："……给鲍蕊……打电话……"

苗我白立即给鲍蕊打电话，叫她去医院。

杜岩水猛然想起什么，他说："……快……快给……苗我绿……打电话……让他当心……"

苗我白给苗我绿打电话，罗建哽咽着告诉他，苗工在半个小时前不明原因中毒，在去医院的途中身亡。

苗我白如遭五雷击顶，泪如雨下。

崔文然说："什么人干的？"

杜岩水说："……王若林……知道……"

苗我白给王若林打电话。

"王总，我哥哥死了。刚才杜警探喝了我桌子上的矿泉水，也中毒了。你告诉我，是谁干的？告诉我！"苗我白声嘶力竭。

"你哥哥死了？！"王若林声带穿孔，"……是汽车制造业的人干的，他们认为鬼车工程断了他们的生路……"

苗我白发呆。

在医院急诊室里，鲍蕊握着杜岩水的手哭。

医生小声告诉苗我白，杜岩水肯定不行了，有什么话快说。

身为护士的鲍蕊清楚此刻是她和杜岩水的诀别。

鲍蕊告诉杜岩水："我有了你的孩子。"

杜岩水吃力地说:"……这么快……"

鲍蕊哭着说:"我有感觉,肯定有了。"

杜岩水对苗我白说:"……我把……她们……母子……托付……给你了……不管……是男孩儿还是……女孩儿……长大……都要当……警察……"

杜岩水嘴里喷出鲜血,他闭上了眼睛。

鲍蕊号啕大哭。

苗我白将白单子盖在杜岩水脸上。

苗我白扶着悲痛欲绝的鲍蕊乘坐鬼车离开医院,苗我白清楚,那些人不会放过他。

崔文然问苗我白:"咱们去哪儿?"

苗我白说:"不知道,反正不能回家。"

崔文然说:"我会给杜岩水和苗我绿报仇的。"

苗我白:"很多人恨咱们,很多。"

崔文然说:"咱们先避避风头。"

鬼车飞速驶向郊外的山区。

两个月后,邱老师乘车外出时,他发现一辆造型奇特的汽车跟着他。邱老师甩不掉它。

跟在鬼车后边的汽车里坐着倪向阳。苗我白没发现身后的汽车。

2001年8月8日至2002年1月25日
写于北京皮皮鲁城堡

(全书完)

神秘汽车

作者_郑渊洁

产品经理_来佳音　　装帧设计_何月婷　　封面插画_张弘蕾
技术编辑_陈皮　　　责任印制_刘世乐　　出品人_曹俊然

果麦
www.guomai.cn

以 微 小 的 力 量 推 动 文 明

图书在版编目（CIP）数据

神秘汽车 / 郑渊洁著. -- 昆明：云南人民出版社，2024. 10. -- ISBN 978-7-222-22919-8

Ⅰ. I247.5

中国国家版本馆CIP数据核字第2024Z7088G号

责任编辑：刘　娟
责任校对：陈　迟
产品经理：来佳音

神秘汽车
SHENMI QICHE

郑渊洁　著

出版	云南人民出版社
发行	云南人民出版社
社址	昆明市环城西路609号
邮编	650034
网址	www.ynpph.com.cn
E-mail	ynrms@sina.com
开本	710mm×960mm　1/16
印张	13.5
印数	1—5,000
字数	163千字
版次	2024年10月第1版第1次印刷
印刷	嘉业印刷（天津）有限公司
书号	ISBN 978-7-222-22919-8
定价	45.00元

如发现印装质量问题，影响阅读，请联系021-64386496调换。